EL BARCO DE VAPOR

Cuentos azules

Manuel L. Alonso, Montserrat del Amo,
Consuelo Armijo, Patricia Barbadillo,
Paloma Bordons, Mercè Company,
Agustín Fernández Paz,
Santiago García-Clairac, Alfredo Gómez Cerdá,
Juan Antonio de Laiglesia, Fernando Lalana,
Mariasun Landa, Pilar Mateos,
Miguel Ángel Mendo, Gonzalo Moure,
Elena O'Callaghan, José Luis Olaizola,
Enrique Páez, María Puncel, Joel Franz Rosell,
Jordi Sierra i Fabra, Emili Teixidor
y Carmen Vázquez-Vigo

Primera edición: abril 2001
Undécima edición: octubre 2007

Dirección editorial: Elsa Aguiar
Ilustraciones: Chata Lucini

© Manuel L. Alonso, Montserrat del Amo, Consuelo Armijo, Patricia
  Barbadillo, Paloma Bordons, Mercè Company, Agustín Fernández Paz,
  Santiago García-Clairac, Alfredo Gómez Cerdá, Juan Antonio de Laiglesia,
  Fernando Lalana, Mariasun Landa, Pilar Mateos, Miguel Ángel Mendo,
  Gonzalo Moure, Elena O'Callaghan, José Luis Olaizola, Enrique Páez,
  María Puncel, Joel Franz Rosell, Jordi Sierra i Fabra, Emili Teixidor
  y Carmen Vázquez-Vigo, 2001
© Ediciones SM, 2001
  Impresores, 15
  Urbanización Prado del Espino
  28660 Boadilla del Monte (Madrid)
  www.grupo-sm.com

ATENCIÓN AL CLIENTE
Tel.: 902 12 13 23
Fax: 902 24 12 22
e-mail: clientes@grupo-sm.com

ISBN: 978-84-348-7849-5
Depósito legal: M-41236-2007
Impreso en España / *Printed in Spain*
Orymu, SA - Ruiz de Alda, 1 - Pinto (Madrid)

Seño, ¿puedo ir al baño?

Manuel L. Alonso

AQUEL día empezó mal desde el momento mismo de levantarse. Acababan de llegar a la casa nueva y todo estaba aún revuelto. Nadie encontraba nada. Alberto tuvo que ponerse las zapatillas de mamá para ir al baño, papá se impacientaba, mamá hacía cuatro cosas a la vez.

En la cocina había aparatos que silbaban, soplaban, echaban humo y chisporroteaban. El desayuno se retrasaba. La casa estaba fría.

Alberto acabó de vestirse y se peinó colocando cada pelo en un sitio como si fueran a hacerle una foto. Estaba pálido como un soldado a punto de entrar en combate.

—Solo es un pequeño cambio, hijo —le consolaba mamá—. Compañeros nuevos. Pronto serás amigo de todos.

¡Un pequeño cambio! ¡Mamá se había vuelto loca! ¡Pero si todo era nuevo! Otro colegio, otros niños, otros profesores, y seguramente en el recreo otros juegos y otros peligros. Por ejemplo, ¿quién sería el matón de la clase? ¿Y si la tomaba con él? Solo de pensarlo, a Alberto le dolía la tripa. Así que se dejó el desayuno a medias.

Cuando cruzó la verja del colegio y atravesó el patio, era como estar dentro de una nube. Casi no oía los gritos de los otros niños. Como un sonámbulo, caminó hasta su aula, pues ya sabía cuál era.

Casi todos sus compañeros estaban ya allí. Le miraron con curiosidad. Alguien le preguntó si era nuevo. Alberto dijo que sí con la cabeza. El curso había empezado dos meses antes y todos los demás se conocían de sobra.

—¿Hay algún sitio libre? —le preguntó a la niña que tenía más cerca.

Ella le indicó un lugar junto a una ventana y Alberto se sentó procurando que no se fijaran en él.

En ese momento llegó la profesora, dio

dos palmadas y consiguió que cada uno se fuera sentando en su sitio.

—¡Seño, hay uno nuevo! —informó la niña de antes.

—Ah, sí, me olvidaba. Te llamas Alberto, ¿verdad?

Alberto afirmó con un gesto. Comenzó la clase y fueron dejando de mirarle. Alberto solo tenía un pensamiento: que la señorita no le preguntase, por si los otros se reían de él.

El tiempo se le hacía muy largo, no lograba prestar atención a lo que decía la profesora. De repente, se dio cuenta de que tenía muchas ganas de hacer pis.

Le daba vergüenza levantar la mano para pedir permiso, y además no sabía dónde estaban los servicios. Justo entonces, una niña alzó el brazo.

—Seño, ¿puedo ir al baño?

—Sí.

Enseguida preguntaron varios más, como si se hubieran puesto de acuerdo:

—Seño, ¿puedo ir al baño?

—Ya sabéis que hasta que no vuelva uno

no va otro. Cuando vuelva Lara, va Iván, y luego Carlos y luego Antonio. Y no quiero ver más brazos levantados.

Cuando acabó el último, Alberto ya no podía más. Pensó que no podía faltar mucho para el recreo, apretó las piernas con fuerza y procuró pensar en otra cosa.

Había un radiador a su lado, bajo la ventana, y se oía el agua por la tubería, con lo que aún le entraban más ganas. Sin darse cuenta, empezó a retorcerse en la silla.

Los minutos pasaban lentamente y parecía que nunca iba a llegar la hora del recreo.

Alberto entrechocaba las rodillas de puros nervios, apretaba los dientes y aguantaba la respiración hasta que no podía más. De repente, en un momento en que toda la clase estaba en silencio, se le escapó un suspiro tan fuerte que hasta la profesora se le quedó mirando.

—¿Te ocurre algo, Alberto?

—Que me estoy haciendo..., que si puedo ir al baño.

—Vaya por Dios. Anda, ve y no tardes.

Salió a toda prisa y recorrió el pasillo

cada vez más angustiado. No fue capaz de encontrar lo que buscaba, y al pie de unas escaleras se dio cuenta de que no iba a llegar a tiempo, pero aun así empezó a subirlas. A lo mejor, en el piso de arriba...

De pronto, sucedió. Sintió que se le escapaba, que ya no podía hacer nada para pararlo. La humedad bajaba a lo largo de sus piernas, empapando el pantalón.

En ese momento, sonó el timbre del recreo y las escaleras se llenaron de niños. Unos subían y otros bajaban, entre gritos y empujones, sin hacer caso de él, que se quedó a un lado. Miró de reojo el pantalón mojado. Era azul marino y la mancha no se veía demasiado, menos mal.

Cuando comprendió que nadie se había dado cuenta de nada, salió también al recreo. Con suerte el aire y el sol irían secando aquello.

Ojalá que el recreo fuese muy largo.

—Hola, Alberto.

Era aquella niña de su clase. Alberto le sonrió, pensando que estaría bien empezar a tener amigos en aquel colegio.

El perro azul

Montserrat del Amo

En mi estudio, clavado con una chincheta en la pared junto al ordenador, hay un papel con un perro pintado.

El papel es pequeño, cuadriculado, con bordes desiguales porque fue arrancado de un cuaderno y con marcas de haber sido doblado y desdoblado muchas veces.

El perro es azul, tiene la lengua roja y los ojos color violeta. Destaca mucho entre los cuadros de las paredes, los libros de mi biblioteca y los papeles de mi mesa de trabajo.

El periodista ha venido a hacerme una entrevista por la aparición de mi última novela. No se atreve a tutearme porque me encuentra vieja y noto que solo le intereso como noticia, porque me hace preguntas aburridas: cuándo publiqué mi primer libro, cuántos he escrito desde entonces, qué premios literarios he recibido...

Pero antes de despedirse, señala el papel cuadriculado y pregunta de pronto:

—Y ese perro... ¿lo dibujó usted misma, de pequeña?

Mi respuesta es:

—No.

Lo pintó para mí el niño de la casa de al lado, hace mucho tiempo, antes del primer adiós de mi vida. Si el periodista quiere conocer toda la historia, tendrá que ganarse mi confianza.

Insiste, como si el perro azul le importara de veras:

—¿Y qué hace ahí?

Me hago la ilusión de que le gustan los cuentos y le respondo de verdad:

—Me acompaña. Mueve el rabo cuando me ve contenta y me lame la mano cuando me nota triste.

Pero la fantasía le asusta. El periodista

frunce las cejas, se encoge de hombros, para la grabadora, y murmura en voz baja:

—Imaginaciones de escritora de literatura infantil... ¡Bah!

Además de vieja, el periodista ahora me encuentra algo chalada. Y se marcha sin escuchar la historia del perro azul.

Él se la pierde.

Ahora te la voy a contar a ti, de cabo a rabo.

El niño de la casa de al lado, el compañero de juegos de mis primeros años, vino a despedirme con un caramelo de palito, de esos que ahora son redondos y se llaman *chupachups* y antes eran de pito y se llamaban pirulís.

—Toma. Para el viaje.

—Gracias.

Traía también un cuaderno y un lápiz rojo por una punta y azul por la otra.

—Te voy a pintar un coche para que vuelvas pronto.

Pero yo sabía que no iba a volver al pueblo nunca y le dije:

—Mejor un perro, para que me acompañe.

El niño de la casa de al lado abrió el cuaderno y empezó a pintar. Los perros no eran lo suyo. Uno le salió con cinco patas y otro sin rabo. Gastó medio cuaderno hasta conseguir uno todo azul, al que no le faltaba ni le sobraba nada. Dio la vuelta al lápiz y pintó en rojo la lengua y el ojo, que sobre el azul quedó como si fuera color violeta.

—¿Te gusta?

—Sí.

El niño de la casa de al lado arrancó la hoja del cuaderno y me la dio. Yo la doblé en cuatro y me la guardé en el bolsillo.

En ese momento oí a papá, que recontaba en la calle el equipaje:

—Ya está todo. Cinco maletas y un baúl. Pero falta la niña. ¿Dónde está la niña?

—¡Ya voy, papá!

El niño de la casa de al lado me dijo:

—Adiós.

Me dio mucha pena el primer adiós. Pero el perro azul me lamió la mano por primera vez y descubrí que nada se pierde del todo, que detrás de cada despedida nos aguarda un nuevo encuentro, y detrás de cada tarea cumplida, una nueva ilusión.

No sé decirte cómo se llamaba el niño de la casa de al lado, pero sigue vivo en mi recuerdo y el perro azul mueve el rabo cuando estoy contenta y me da un lametón para consolarme si alguna vez me pongo triste.

¿Imaginaciones de escritora de literatura infantil? Puede.

Pero ahora, que releo en voz alta lo que acabo de escribir en la pantalla del ordenador para corregirlo como de costumbre, noto que el perro azul se entera, levanta las orejas, mueve el rabo, deja el papel, salta al teclado y...

h ewrOdv fiuhejn fkcvioknj wd'Oeupti5yg,v '02319KML CFFFROj

—¡Quieto, Azul! No quiero lametones ahora. Déjame terminar el cuento. ¡No te me escapes!

qewbnop, kk. cvgbhjn ertyuiop'ñas
dfghjkltgbujmyhnedcolqazcvbn
El perro azul salta de contento.

Y tú, lector, ¿lo ves? ¿Lo estás viendo cómo no eran solo imaginaciones mías?

akfhsdliruewhnv b cnxmcxznm............

La pajarita azul
Consuelo Armijo

En los días claros se divisaban a lo lejos, bajo el azul del cielo y sobre el azul del mar, los acantilados de una isla.

Esa isla había estado habitada, pero poco a poco la gente emigró a la ciudad en busca de trabajo y solo se quedaron Andrea y Leopoldino. Su hija Clara les iba a ver con frecuencia y les llevaba jabón y otras cosas necesarias.

Clara se fue a la ciudad siendo muy joven. Allí encontró a su príncipe azul, y ahora tenía un hijo que se llamaba Leopoldino, como su abuelo, y que, ¡pobrecillo!, no podía correr. Una de sus piernas era demasiado corta.

—Mañana va a ser el cumpleaños de Leopoldinito. Me gustaría ir a felicitarle —dijo un día Andrea.

Pues iremos y le llevaremos un regalo. Mira, quizá podría tallar algo en ese tronco caído —contestó Leopoldino.

—¡De eso nada! —lo interrumpió Andrea—. Compraremos algo bonito en la ciudad.

—¡No, que timan! Una vez compré una gorra a un señor que voceaba que era la única que le quedaba, y, nada más irme, vi cómo sacaba otra. Me engañó por cateto, para cobrarme más.

—Es que siempre hay que regatear, pero a ti te falta energía.

Leopoldino se picó, y mucho.

—¿Que a mí me falta energía? Pues ¡venga! ¡A la ciudad de compras! Ya veremos si me falta energía o no.

Y mientras Leopoldino y Andrea discutían, en una joyería de la ciudad, cercana al puerto, Ángel y Sebastián también lo hacían.

—¡Hola, Sebas! ¿Qué has comprado en la subasta? —preguntó Ángel.

—Una cosa que todos querían. Si vieras la rabia que les ha dado a algunos cuando me la han adjudicado por treinta mil cincuenta euros. Mira —contestó Sebastián dejando una pajarita encima del mostrador.

—¡La pajarita azul! —exclamó Ángel, maravillado.

Y es que esa pajarita no era una pajarita cualquiera: era un prodigio. No solo por sus ojos de turquesa, ni por los zafiros que lucía en su cola, sino también por su cuerpo de aguamarina, que cuando le daba el sol adquiría un azul tan transparente como los ojos de Leopoldinito, y por sus patas de lapislázuli, de un color tan bello y que combinaba tan bien con el resto, que era un verdadero placer mirarla. Pero Ángel estaba preocupado.

—¿Y ahora cómo la vendemos? ¿Crees que es fácil encontrar a alguien dispuesto a gastarse más de treinta mil cincuenta euros?

—No seas merluzo, Ángel. Sé las señas de los que han pujado antes que yo. Todos estaban interesadísimos en comprarla.

—Sí, pero no por treinta mil cincuenta euros. Eso está claro.

—Pero como son muchos, si dan la mitad cada uno nos hacemos ricos.

—¿Qué dices?

—Que tenemos que ponernos como locos a hacer copias.

—Pero esta pajarita es imposible de copiar. No existen turquesas tan bellas ni...

—¡Qué poca imaginación tienes! —le interrumpió Sebastián—. Conozco a todas esas personas de verlas por la tienda. Y algunos no saben apreciar la belleza. Querían la pajarita azul solamente para fardar. Son nuevos ricos, o gente con sangre azul pero que no sabe distinguir el buen arte. Haremos las copias, llamaremos a esos bobos y les diremos que necesitamos urgentemente dinero y que les vendemos la pajarita por el precio que ellos querían pagar. ¡Seguro que cuela! Luego, esa misma noche cogemos el avión y nos largamos con la pasta.

—¿Sabes que tu idea me está pareciendo requetebuena?

—Pues ¡manos a la obra!

Ángel y Sebastián se pasaron la noche trabajando. Y al día siguiente, sobre la hora que Andrea y Leopoldino llegaban al puerto, estaban la mar de contentos. Solo les quedaba una copia por vender; además de la verdadera pajarita azul, por la que iban a pedir a la marquesa de Tintón veintisiete mil cincuenta euros.

—Sube la última copia, Sebastián, que ya está en camino su futuro comprador —dijo Ángel frotándose las manos.

Sebastián subió del sótano una vulgar pájara azul. Andrea y Leopoldino, que estaban en ese momento mirando el escaparate, le vieron a través de los cristales.

—¡Huy! ¡Mira, Leopoldino, qué pájaro tan salado! Se parece a los pitufos. Seguro que a Leopoldinito le gustaría. El azul es su color preferido.

Y Leopoldino, que seguía picado, contestó:

—Pues eso lo compro yo por dos euros o no soy Leopoldino —y dando un empujón a la puerta entró en la tienda seguido de Andrea.

Ángel fue a atenderlos.

—Veníamos a comprar ese pájaro —dijo Andrea.

Ángel se quedó algo parado y luego dijo despectivamente:

—¿Se refieren a la pajarita azul? No creo que se den cuenta de lo que están ustedes pidiendo. Además, no se la puedo dar. Van a venir por ella. Está ya vendida.

—Bueno, pues entonces denos otra igual.

—No hay otra igual. Esta pajarita es única en el mundo.

—¡Todos con el mismo truco! —bramó con todas sus fuerzas Leopoldino dando un susto a Ángel—. Usted ha pensado que somos unos catetos, pero ¡qué va! Lo que pasa es que venimos disfrazados. Nosotros sabemos muy bien que tiene usted otra pajarita escondida —y haciendo ademán de sacar la cartera, añadió con todas sus energías—: Así que ¡dos y no se hable más!

—¿Dos? —preguntó Ángel muy asustado—. Un momento —cerró con llave las vitrinas, agarró la pájara y bajó a comentar el asunto con Sebastián, que estaba en el sótano.

—Dicen que vienen disfrazados y aseguran que tenemos otra pajarita y que quieren las dos.

—Lo he oído todo. Deben de ser policías. Huyamos con lo que podamos.

—No podemos. La única salida es la puerta de la tienda.

—Pero ¿llega esa mercancía o no? —bramó Leopoldino.

—No vamos a tener más remedio que dárselas. ¿Van armados?

—Creo que sí. Cuando el señor ha dicho que dos, ha metido la mano en el bolsillo como si fuera a sacar algo...

—¡La pistola!

La voz de Leopoldino tronó en la tienda.

—¡Nos estamos cansando de esperar! —dijo dando un puñetazo en el mostrador, que resonó como un tiro.

Sebastián estaba tan aturullado que no lo pensó más: metió las dos pajaritas en una bolsa y, junto con Ángel, subió a la tienda temblando de miedo.

—Aquí están. Lo pueden ustedes comprobar.

—No hace falta, hombre. Tampoco hay que ponerse así.

—¡Cómo pesa! —exclamó Andrea cogiendo la bolsa.

—Tengan —dijo Leopoldino dándoles dos euros. Y salió de la tienda con su mujer.

Ángel y Sebastián se quedaron con la boca abierta, completamente pasmados. Por fin Ángel reaccionó:

—Se han llevado todo por dos euros, ¡policía!

—¡Calla! ¿Cómo vamos a decir a la policía que nos han robado la pajarita azul si oficialmente la hemos vendido y ¡repetidas veces!?

—Y esos, de policías, ¡nada! Eran estafadores. ¡Qué listos! Con eso de que iban disfrazados, nos la han pegado bien.

Y a Sebastián le entró un ataque de rabia. «¡Ay, ay!», decía arrancándose los pelos mientras a Ángel le daba un ataque de locura, y a cuatro patas se ponía a rebuznar.

Así los encontró el duque de Roquetín, que venía a comprar la pajarita azul, y del susto que se llevó le subió la tensión a 53 y tuvo que ir a urgencias para que se la bajaran.

Mientras, Andrea y Leopoldino iban andando tan contentos. Los muelles estaban muy animados a esa hora. Una orquestina tocaba el *Danubio Azul* y un grupo de personas bailaba. Nuestra pareja llegó a casa de su nieto. Sentada en las escaleras, una niña acunaba un rebujo de trapos cantando: «Tengo una muñeca vestida de azul».

Qué alegría se llevó Leopoldinito cuando sacó de la bolsa la primera pajarita azul.

—¿A que se parece a los pitufos? —le preguntó su abuelo.

—Sí, es verdad —rió Leopoldinito—, pero ¡aquí hay otra!

—Sopla, Andrea, ¡qué bien he regateado! ¡Nos han dado dos!

—Y decían que no había más que una en todo el mundo... ¡qué sinvergüenzas! Menos mal que los has acobardado.

Toda la familia reía y en esto Leopoldinito sacó de la bolsa... ¡¡¡la verdadera pajarita azul!!!

Fue un instante largo, mágico. Se hizo el

silencio. La belleza de la pajarita inundó la habitación. Todos la miraban embobados. El sol la iluminaba y ella devolvía sus rayos. Rayos azulados que entraban por los ojos y llegaban al alma bañándola de belleza y bienestar. Y entonces la magia se hizo más mágica, todo se tiñó de azul mientras cientos de burbujas de cristal chocaban entre sí en armonioso tintineo, cuando Leopoldinito, fascinado, preguntó:

—¿Y esta también es para mí?

Y Andrea contestó:

—¡Claro, mi amor! ¡Claro que es para ti!

El día que el mar se quedó sin color

Patricia Barbadillo

Una mañana la noticia recorrió el Reino. El mar se había quedado sin color.

En lugar del azul turquesa, que cambiaba de intensidad a lo largo del día, ahora solo se veía el color amarillo de la arena o el gris de las rocas.

Los asustados peces nadaban nerviosos haciendo remolinos, creyendo que estaban en una pecera en lugar de nadar en el mar.

Los pulpos agitaban sus tentáculos soltando chorros de tinta, las merluzas abrían los ojos tratando de entender qué estaba ocurriendo, y los cangrejos corrían a enterrarse en la arena hasta que todo hubiese pasado.

Los ciudadanos del Reino se agolparon en la playa con la boca abierta.

—¿Qué habrá sucedido?

—Ya no podremos contemplar nuestro mar tan azul...

—¿Quién habrá robado el azul del mar?

El rey, muy preocupado, envió a buscar a los sabios.

—Quiero que hagáis todos los estudios y experimentos necesarios para que el mar vuelva a ser azul.

Y los sabios pasaron días y días a la orilla del mar, tomando muestras de agua y apuntando números larguísimos en sus cuadernos.

Pero no conseguían devolver su color al mar.

Los peces, poco a poco, se fueron de aquel mar tan raro, buscando otros mares y otros océanos azules y, con su marcha, los pescadores no pudieron sacar sus barcas de pesca, que se amontonaban inmóviles en la orilla.

Un día, uno de aquellos sabios creyó tener la solución.

—No hay más remedio, majestad. Tenéis que entregar vuestra hija al mar. Su sangre azul devolverá el color a nuestro mar.

—¡Qué barbaridad! ¿Cómo voy a hacer tal cosa? —exclamó el rey— Mandaré emisarios fuera de nuestro Reino para que encuentren a quien pueda ayudarnos, pero no sacrificaré a mi hija.

Mientras los emisarios del rey recorrían el mundo, la princesa no dejaba de llorar.

Como los días pasaban y los emisarios no volvían, los ciudadanos del reino empezaron a murmurar:

—No habrá más remedio que entregar la princesa al mar.

—Pobre princesa...

—Pero el sabio insiste en que su sangre azul teñirá de nuevo el mar.

El rey se daba cuenta de la impaciencia de los ciudadanos y cada día que pasaba aumentaban su preocupación y el llanto de la princesa.

Una mañana llegó a la playa un joven de aspecto extravagante. El pelo larguísimo y la abundante barba solo dejaban ver unos ojos muy azules. Cuando se acercó a la orilla, todos le abrieron paso, asombrados por el brillo de su mirada.

El joven viajero se quedó de pie frente al mar, mirando intensamente el oleaje. Transcurrieron los días y así continuó. Daba igual que fuera de noche o de día. Sin atender a las preguntas que le hacían, él seguía mirando al mar sin hablar, sin moverse, sin hacer el menor gesto.

Y, poco a poco, el mar fue recuperando su color. Un azul muy pálido al principio, luego más parecido al color del cielo y, por fin, del color de la turquesa.

Los peces volvieron al mar en el que siempre habían nadado, los ciudadanos aclamaron al joven, el rey le ofreció los más maravillosos regalos, y la princesa se enamoró inmediatamente de él.

—¿Cómo pudiste devolver su color al mar? —le preguntó el rey.

—Tanto tiempo lo miré, con tanto empeño, y tan grande era mi deseo de salvar la vida de la princesa que, al final, las aguas pudieron atrapar en mis ojos el color azul que se les había escapado.

—¡Qué insistencia! ¡Qué voluntad!

—Tan solo un poderoso deseo —contestó el joven—. Y, por cierto, despedid al sabio que quiso entregar la princesa al mar. La sangre de ella es tan roja como la vuestra o la mía. ¡Qué tipo tan supersticioso ese sabio vuestro!

Y ya siempre conservó aquel mar su color azul de turquesa. Tan famoso se hizo que todavía hoy la gente viaja desde lugares muy lejanos para bañarse en sus aguas, sintiendo cómo el azul lo envuelve todo.

Tengo la tripa cuadrada
Paloma Bordons

—¡B<small>AJA</small> *de ahí!* —dijo mamá.
¡Y jolines si bajé!
—*¡Hija, baja!* —me gritó.
Y ¡joroba! Resbalé.

—*¿Te has hecho daño, mi niña?*
—Daño no: me siento extraña.
—*Pues no me extraña, cariño,*
después de tan gran castaña.

—Tengo un dolor estrellado
y me llora la rodilla.
Oigo un poquillo rayado
y me siento algo amarilla.

Mamá está muy preocupada.
Su sonrisa huele fría.

33

Gime con voz despeinada:
—¡Al hospital, vida mía!

—Es seguro que me curo
si me compras un bocata.
¡Tengo la tripa cuadrada!
Mamá dice: —¡Después, chata!

El hospital huele a vértigo.
Trece tíos antipáticos
me hacen preguntas muy tóntidas.
¡Y ellos dicen que son médicos!

—¿El color de mi bata, nena?
—Color temblor de sirena.

—Cierra los ojos, mocosa.
¿Qué oyes?
—Te oigo pringosa.

—Cuando te pincho, ¿qué sientes?
—Que se me hinchan los dientes.

—¿A qué huele en este frasco?
—Hondo y un pelín áspero...

—...y ya que hablamos de oler...
¡Ay qué olorcillo a cosquillas!
Alguien cocina tortilla
y me muero por comer.

—*¡Comer ahora ni hablar!*
Te tenemos que observar.

Me meten en una cama,
me ponen en camisón.
¡Ay! Si solo me observaran...
Pero pasan a la acción.

Me miran por cien mil rayos,
me sacan sangre salada,
me auscultan hasta el flequillo,
pero de comer... ¡nada!

Tengo la tripa tan hueca
que más que sonar, me grita.
Un médico gruñe: —*Es grave.*
¡Ahora hasta le habla la tripa!

Siento que reviento de hambre
si no invento algo bien pronto.

Grito: —¡Vengan las preguntas!
¡Veréis que ya estoy bien, tontos!

—*Niña, ¿mi bata es de color...?*
—De color bata de doctor.

—*¿A qué suena este sonido?*
—Pues me suena mucho a ruido.

—*Cuando te pincho, ¿qué sientes?*
¡Ganas de hincarte los dientes!

—*¿A qué huele este frasquito?*
—¡Pues a alcohol! Ahí está escrito.

Los doctores, muy chafados,
me dicen: —*¡Vete, chavala!*
Y yo salgo echando chispas:
—¡Chao, muchachos, encantada!

Arrastro a mamá siguiendo
el rastro de la tortilla.
Me la compra en bocadillo.
¡Me sabe de maravilla!

Me dice mamá: —*¿Está rica?*
¡Rica es poco! ¡Sabe a sol!
Pero no quiero decirlo
por si me oye algún doctor.

Y tampoco le confieso
que ahora que me besa el pelo
su beso no sabe a beso.
Me sabe azul. Azul cielo.

¡Qué miedo, las señoras!

Mercè Company

Para Celia, el primer cuento
tras la tempestad.

CELIA tenía siete años y un miedo terrible a las señoras. Su madre, la bruja Fea, tenía mucho cuidado de que nadie le hablara de señoras antes de acostarse, ni viera ninguna película en vídeo donde aparecieran, por temor a las pesadillas. Y permitía que durmiera abrazada a Charli, el pequeño murciélago que vivía con ellas.

Aun así a veces Celia soñaba; soñaba que venía una señora y se la llevaba, o se la comía, o hacía esas cosas horribles que hacen las señoras en los cuentos para las brujitas.

Celia compartía sus miedos con su amigo más amigo, el fantasma Rufián. Se sentaban juntos en clase y juntos jugaban en el patio.

Solía reunirse con ellos Lola. Lola era una pequeña demonio que llevaba poco tiempo en la escuela, y andaba un tanto sorprendida por todo lo que iba descubriendo. Había vivido siempre en el Infierno, hasta que sus padres decidieron que era bueno para Lola que aprendiera a relacionarse con otros seres de su misma edad; por ello la habían llevado a la Escuela de Brujas y Fantasmas.

Lola no había visto nunca una señora, ni sabía qué era una película y mucho menos un vídeo; también desconocía los cuentos y las láminas a color. Se pegó a Celia como un chicle cuando supo que la pequeña bruja tenía todo un estante para sus libros y sus cintas de vídeos. La primera vez que Lola fue a casa de Celia abrió un libro de cuentos y vio los dibujos, abrió tanto los ojos que Celia pensó que se le caerían al suelo.

—¡Sopla el fuego! —exclamó la pequeña demonio—. ¡Eso sí que es para quemar!

La ilustración mostraba una señora de largos y rubios cabellos, enormes ojos azules y piel fina; cobijaba en su regazo a una pequeña bruja que parecía asustada.

—¡Es una señora! —chilló Celia, excitada—. ¿Lo ves? ¿Verdad que es feíííííííííísima? —e hizo un hueco para Charli, que se acurrucó a su lado.

Lola fijó sus ojillos rojos en el dibujo durante unos segundos hasta que solemne exclamó:

—¡Sí! Requetefeíííísima. ¿Y dices que se come a las brujas pequeñas?

Celia asintió gravemente antes de explicar:

—Pero primero las mete en la olla.

Charli se estremeció, pero nadie se dio cuenta.

—¡Qué horror! —suspiró Lola.

—¿Y sabes qué hace con los fantasmas? —susurró Celia, para dar mayor emoción a sus palabras.

—¿Qué? —preguntó Lola en el mismo tono. Charli levantó una oreja.

—Los coge, los mete en agua, los retuerce y luego los tiende al sol. ¿Te imaginas?

Lola intentó imaginarse con la cabeza

dentro del agua, retorcida como un churro y colgada de un alambre, e hizo que no con la cabeza. No, no se lo podía imaginar. Además, mamá no dejaría que nadie la cogiera y le hiciera todo eso. Charli se tapó la cabeza con las alas.

—Pues a Rufián, casi, casi lo pillan —terminó Celia con voz lúgubre—. Mañana te lo cuenta él mismo.

Al día siguiente la clase de magia se le hizo aburrida a Lola. Mientras la bruja Maestra iba anotando en la pizarra las palabras mágicas que convierten a las personas en sapos, culebras y palos de escoba, en ella iba anidando el deseo de ver de cerca a una señora, o mejor aún, a un niño o una niña.

A la hora del recreo, Lola salió disparada en pos de sus amigos. A Rufián le encantó el interés de Lola por su *aventi*, e intentó contar con pelos y señales cómo era el barreño lleno de agua y espuma blanca donde casi, casi...

Pero Lola ya no lo escuchaba. El deseo de ver a una persona pequeña se le había hecho tan gordo que acabó saliéndole por la boca con la fuerza de un surtidor. Y con él roció a sus compañeros. Celia y Rufián se quedaron boquiabiertos:

—Es muy, muy peligroso lo que quieres hacer —dijeron ambos a la vez, con voz temblorosa.

Pero ya no hubo forma de quitárselo de la cabeza, de modo que acordaron encontrarse al pie del roble, que estaba en el extremo del bosque, a las doce en punto de la noche.

Aquella noche Celia casi no cenó. Cuando mamá fue a darle el beso de buenas noches se la encontró hecha un manojo de nervios. Se sentó a su lado y le cogió una mano. Celia estaba pero que muy arrepentida de haber aceptado ir a husmear a casa de las personas; miraba a mamá y sus hermosas verrugas, sus ojos vidriosos, sus dientes desiguales, y la veía como siempre: guapíííííííísima. Y deseó volver a hacerse chiquita-chiquita para meterse entre sus brazos y dormir ahí, por lo menos hasta el día siguiente. Mamá, después de un ratito, le dio dos sonoros besos, apagó la luz y salió de la habitación.

Celia, haciendo de tripas corazón, se levantó de la cama, se volvió a vestir, hizo una caricia apresurada a Charli, abrió la ventana, se subió a un árbol, se deslizó por el tronco y corrió hasta el roble. Rufián y Lola ya estaban allí.

Rufián, que sacaba muy buenas notas en Prácticas de vuelo, indicó a sus amigas cómo tenían que cogerse a él para no caer, cogió impulso y arrancó a volar. Ventajas de ser un fantasma.

En unos instantes atravesaron la puerta invisible que separa el mundo de las personas del mundo de las brujas, fantasmas y demonios, y se plantaron frente a la ventana de casa de Raquel y Manu. Celia tropezó en el alféizar, de puros nervios. Rufián se peleaba con la espina de un rosal que le había pillado el faldón. Lola, con la nariz aplastada contra el vidrio, observaba extasiada cómo la señora, mamá de los niños, los cubría con la sábana y recogía juguetes tirados por el suelo.

Entonces sucedió algo que dejó a los tres amigos francamente boquiabiertos: la señora se inclinó sobre los niños y, uno a uno, los besó. Celia, Rufián y Lola no daban crédito a sus ojos: ¡las señoras hacen como las mamás brujas, las mamás fantasmas y las mamás demonios! ¡También saben dar besos!

La señora apagó la luz y al instante oyeron la voz de un niño —¿o era una niña?— que decía:

—¡Mami, no apagues la luz! Tengo miedo de las brujas y los fantasmas.

Y otra, de niña —¿o era de niño?—, que añadía:

—¡Y yo de los demonios!

Y la voz de la señora, que respondía:

—No hay nada que temer. Las brujas, los fantasmas y los demonios no existen. Solo viven en los cuentos.

Celia, Rufián y Lola casi se caen del alféizar de puro asombro. No se quedaron a ver nada más. Rufián realizó un despegue de emergencia y salieron disparados, atropellando a un pobre búho que intentaba conciliar el sueño.

Amaneció una mañana oscura y lluviosa que hizo las delicias de Charli, y mientras desayunaba su buen tazón de leche con cereales, la pequeña bruja dijo de pronto a mamá:

—Mami, ¿nosotros vivimos en un cuento?

Y mamá, que trasteaba como siempre, entre pucheros y frascos de pócimas mágicas que luego vendería en el mercado, respondió:

—Déjate de cuentos y date pisa, que llegarás tarde al colegio.

Un regalo muy especial

Agustín Fernández Paz

Hace unos días, Raquel se enteró de una noticia muy interesante. Fue sin querer, una tarde en la que estaba en la habitación pequeña que da a la sala, ocupada en recortar figuras de una revista. Sus padres ya llevaban más de una hora sentados alrededor de la mesa grande, hablando con unos amigos que habían venido a visitarlos.

La niña oía toda la charla, pero no le prestaba atención. Sin embargo, hubo un momento en que dejó de recortar para no perder ninguna de las palabras que llegaban hasta ella.

—Pues sí, el sábado que viene es el aniversario de nuestra boda —decía su madre con voz alegre.

—¡Diez años ya! —explicaba su padre—.

Y parece que fue ayer, no sé cómo nos han podido pasar tan rápido.

Los amigos comenzaron a bromear con la noticia, entre las risas de todos. Era difícil entender lo que decían, pero Raquel ya no intentó escuchar más. ¿Cómo era que a ella no le habían dicho nada? ¿Querrían darle una sorpresa? ¿O sería que deseaban celebrarlo ellos dos solos?

Raquel ya sabía que cuando sus padres se habían casado ella aún no existía, todavía tardaría casi tres años en llegar. Pero había visto muchas veces las fotos de la boda: le gustaba mirarlas con su padre o con su madre, y reírse del aspecto tan gracioso que tenían los dos.

Cuando se despidieron las visitas, Raquel fue junto a sus padres. Aguardaba que le dieran también a ella la noticia; pero no le dijeron nada, y tampoco lo hicieron en el resto del día. Estaba claro que no contaban con ella para aquel aniversario.

Por la noche, mientras esperaba a que le llegara el sueño, pensó en lo bonito que sería darles una sorpresa a sus padres.

¿Qué les podría regalar? Raquel no tenía dinero; y si se lo pedía a ellos, ya no sería una sorpresa. Pensó en pedírselo a su abuela, pero no la vería hasta el domingo, así que tampoco podía ser. Cuando el sueño le cerró los ojos, aún no había sido capaz de encontrar una solución que le gustara.

Al día siguiente, mientras estaba en el colegio, Raquel no dejó de pensar en ningún momento en el regalo, pero seguía sin ocurrírsele nada interesante.

Después del recreo, la profesora les leyó un cuento. Era de un anciano rey que reunía a sus tres hijos para decirles que le dejaría el reino a aquel que le trajese el regalo más valioso. Los hijos partían en distintas direcciones y marchaban por el mundo adelante a la búsqueda de algo que pudiera satisfacer al monarca. Después de muchos meses, regresaban a palacio. Uno traía una espléndida corona de oro y brillantes; otro traía un manto bordado con hilos de plata y adornado con las más bellas esmeraldas;

el tercero había vuelto con las manos vacías. Cuando el padre le preguntó qué le traía, el hijo se acercó y le dio un intenso y emocionado abrazo. Después de recorrer el mundo entero, le explicó, no había encontrado obsequio mejor que su cariño de hijo. Entonces el rey se levantó de su trono y dejó que el tercer hijo se sentara en él, pues, de los tres, el suyo era el regalo más preciado.

Raquel no pudo apartar aquella historia de la cabeza en todo el día: le parecía que en ella estaba la solución que buscaba. Pero lo del abrazo no acababa de convencerla, pues ya se los daba a sus padres cada día. Necesitaba encontrar un obsequio verdaderamente especial.

Cuando revisaba el armario de su cuarto una vez más, se fijó en una caja que había en el estante más alto. Era la caja de cartón donde venían las botas que su madre le había comprado el invierno pasado. Una caja de color azul brillante, muy bonita, que tenía escrita en la tapa la marca de las botas en letras grandes: PIELANDIA.

Raquel la bajó del estante y la abrió. Y en aquel mismo momento decidió que su regalo iría dentro de aquella caja. Claro que aún no sabía qué iba a meter en su interior.

De repente, tuvo una idea que le pareció genial. Fue al cuarto donde trabajaba su madre y cogió varios folios de colores. Después corrió hasta el cuarto de baño y cogió todas las barras de labios que encontró en el armario. Tuvo suerte, pues las había de muchos colores distintos. ¡Ya tenía lo que precisaba!

Llevó todo a su habitación. Eligió una barra de color rojo fuerte y se pintó los labios delante del espejo. Luego extendió los papeles de colores sobre la mesa y les fue dando besos en diversas partes de su superficie. Las marcas de los labios quedaron intensamente impresas en los papeles, tal como ella quería.

Satisfecha, volvió a pintarse los labios y

después metió la cabeza dentro de la caja, procurando besar cada una de las paredes interiores. A continuación, cogió una barra de otro color y repitió la maniobra, tanto en los papeles como en el interior de la caja. E hizo lo mismo con las otras, hasta que ya no quedaron más colores diferentes.

Después cogió las tijeras y fue recortando los labios de papel impresos en las hojas. Cuando juntaba unos cuantos, los metía dentro de la caja. Al final, todo el fondo aparecía cubierto por aquel original arco iris de besos.

Ya solo le faltaba arreglar la tapa de la caja. Cogió una hoja de papel blanco y recortó una tira con el ancho necesario. Y luego la pegó de manera que cubriese todas las letras de la marca, excepto la P primera y la A final. Finalmente, con un rotulador, escribió:

Para papá y mamA

Al día siguiente, en la escuela, habló con su amiga Sara. La madre de Sara trabajaba en una pastelería; Raquel había estado allí algunas veces, y sabía que tenían una cinta amarilla muy bonita, con la que ataban las bandejas de pasteles. Necesitaba un trozo de esa cinta para su regalo.

El viernes, Sara le trajo la cinta que Raquel le había pedido. Y por la tarde, ya en casa, la niña sacó la caja que tenía guardada y la ató con la cinta amarilla, que brillaba como si fuera de oro. ¡El regalo ya estaba preparado!

A la mañana siguiente, Raquel despertó muy temprano. Con la caja en la mano, corrió hasta el cuarto de sus padres. Los dos dormían aún, pues aquel día no tenían que ir a trabajar. Al oír el ruido, la madre encendió la luz. Y el padre también levantó la cabeza, con cara de sueño. Allí estaba Raquel, delante de ellos, con la caja azul en la mano.

—¡Felicidades! ¡Ya sé que hoy hace diez años que os casasteis!

Sus padres se miraron y se echaron a reír. El padre cogió la caja que Raquel le ofrecía y la sopesó para adivinar qué contenía.

—Sea lo que sea, pesa muy poco —dijo—. Y tampoco se mueve nada. ¿Qué habrá dentro?

—Solo hay un modo de saberlo —intervino la madre—. ¡Ábrela ya!

—Eso, ¡ábrela! —añadió Raquel con aire pícaro.

El padre desató la cinta y levantó la tapa. Miró el interior de la caja y una sonrisa amplia fue iluminándole la cara. Sin decir nada, se la pasó a su mujer.

—Es una caja llena de besos —explicó Raquel—. Son besos míos, y son todos para vosotros.

La verdad es que temía que la riñesen por utilizar las barras de labios, pero no ocurrió nada de eso. Su madre, con expresión alegre, levantó la caja y la vació impulsándola hacia arriba. Y entonces Raquel pudo ver cómo una lluvia de labios volaba por el aire y se posaba sobre la colcha de la cama, tal como si todo el espacio del cuarto apareciera ocupado por una súbita invasión de mariposas.

La habitación de Maxi

Santiago García-Clairac

Hola, me llamo Maxi. El otro día me puse muy contento por una cosa que me dijo mi madre:

—Maxi, hijo, vamos a pintar la casa. ¿Qué color quieres para tu habitación?

—¿Puedo elegir el color que más me guste? —pregunté.

—Claro, para eso es tu habitación. Pero decide pronto porque hay que comprar la pintura.

Al principio me pareció una buena noticia y me gustó. Pero luego las cosas se fueron complicando. Y es que hay muchos colores... Hay millones de colores. Y son todos muy bonitos. Así que por un lado estaba muy contento, pero por otro estaba hecho un lío. Luego dicen que los niños no

tenemos preocupaciones gordas. El colegio, los amigos, los deberes... Elegir un color para la habitación...

¿Quién sabe cómo se elige un color? ¿Cómo sé que cuando lo elija, me seguirá gustando durante mucho tiempo y no lo odiaré al día siguiente de haberlo puesto?

Yo sé que es una pregunta complicada y que, a lo mejor, no tiene respuesta. Por eso decidí preguntárselo a mi padre, que sabe un montón de cosas.

—Los colores son como los amigos —me explicó—. Los hay de todas clases y tienes que quererlos como son. Hay amigos íntimos, amigos de paso, amigos de barrio, amigos esporádicos, amigos que casi no son amigos. Bueno, pues con los colores pasa lo mismo: tienes que descubrir con cuál te entiendes mejor.

—¿Y eso cómo se hace? —quise saber—. ¿Cómo se puede saber con qué color te entiendes mejor?

—De la misma forma que con los amigos: conociéndolos.

—¿Los colores se pueden conocer? —pregunté muy sorprendido.

—Exactamente igual que la gente. Tienen personalidad, significan cosas, tienen psicología e incluso nombre: azul turquesa, rojo carmesí, amarillo cadmio, azul celeste, verde manzana... ¿A que es precioso?

Ese era el problema: que era tan bonito que no sabía por dónde empezar. Aunque, claro, eso no se lo dije.

Como estaba un poco perdido, decidí buscar asesoramiento. Como todo el mundo sabe, un asesor es una persona que sabe más que tú de un tema y te da pistas para que puedas tomar una decisión aunque luego tú decidas lo que quieres hacer. Por eso es mejor pedir asesoramiento que pedir consejo.

Después de pensarlo mucho, llegué a la conclusión de que solo había una persona capaz de ayudarme. Así que la llamé por teléfono:

—¿Lily?... Hola, soy Maxi —anuncié cuando cogió el aparato.

—¿En qué puedo ayudarte? ¿Necesitas

algo? ¿Qué me vas a pedir? —dijo inmediatamente.

—¿Cómo sabes que quiero algo?

—Porque solo piensas en mí cuando tienes algún problema. Los chicos funcionáis así —explicó.

—Bueno, verás, no es que necesite nada, pero...

—Pero ¿qué?

—Pues quería saber si conoces a alguien que me pueda asesorar sobre un tema muy importante —comenté.

—¿Cómo de importante?

—Muy importante. Importantísimo —dije con mucha firmeza—. Tengo que elegir un color para mi habitación y estoy buscando un asesor.

Silencio... Estuvo un rato callada. Por un momento pensé que se había desmayado o algo así.

—¿Un asesor de colores? ¿Necesitas a alguien que te asesore sobre el color de tu habitación? ¿Estás bromeando o me estás tomando el pelo?

—No, no... Es en serio. Se trata de pintar

una habitación que tendrá el mismo color durante un montón de años. Mi habitación. ¿Entiendes?

Después de un breve silencio, volvió a hablar.

—Bueno, mira... baja al portal. Nos vemos en la calle y te daré alguna idea.

Salí inmediatamente. Cuando Lily te dice que bajes, es mejor bajar. Es mucho mejor que bajes tú a que suba ella.

—Maxi, estoy decepcionada contigo. Creía que eras un poco más decidido —dijo apenas nos encontramos en la calle—. ¿Y dices que eres aventurero?

¿Elegir un color no te parece una aventura? —respondí.

Me miró con una extraña expresión, como si estuviera mirando a un bicho raro o a un monstruo... o a un tontaina.

—Está bien —dijo—. Vamos a la librería de Julia. Ella sabe mucho de estas cosas. Es lo más adecuado para ti... Está habituada a tratar con indecisos.

Julia no lo sabe, pero es nuestra asesora de lectura. Ella cree que es vendedora de libros, pero nosotros siempre le preguntamos qué nos conviene leer. Si me asesoraba tan bien con los colores como con los libros, estaba salvado.

—Hola, Julia —dijo Lily cuando entramos en la tienda—. Venimos a pedirte consejo sobre...

—No, consejo, no... ¡Asesoramiento! —interrumpí.

—¿Asesoramiento sobre libros? —preguntó Julia.

—No, sobre colores —le corregí—. Quiero que me asesores sobre qué color me conviene más para pintar mi habitación.

—¿No sería mejor preguntarle al pintor? —sugirió.

—No. Yo quiero que me hables sobre la psicología del color y esas cosas —insistí.

Lily me miró asombrada. No esperaba que yo supiera tanto sobre el tema. Alguna vez tenía que demostrarle que sabía más que ella de algo, ¿no?

—Los colores significan cosas —dijo Julia—. Cada color tiene un significado, solo tienes que saber para qué lo vas a utilizar.

—Para pintar mi habitación —contesté—. Quiero poner un color que se lleve bien conmigo, con el que pueda entenderme durante mucho tiempo, que me alegre la vida... Ya sabes.

—El rojo bobo —respondió Lily—. Ese es el color que a ti te sienta bien.

—¿Sabéis que el color verde es el color de la esperanza? Y que el rojo es el color de la acción... Y que el azul es el de la amistad.

—¿El azul es el color de la amistad? —preguntó Lily muy asombrada.

—Sí, y el blanco es el de la pureza; el violeta, de la fortaleza; el naranja, de la energía y de la juventud...

—¿Todos los colores significan algo? —pregunté.

—Todos. Sí, señor. Por eso, en los envases los utilizan después de estudiarlo mucho. Fíjate en los de la leche: tienen mucho blanco. Es para recordar la limpieza y la pureza. Cada vez que una empresa elige un color, lo hace con intención. En los envases, en los libros...

—¿Y se asesoran antes de elegir un color? —pregunté.

—Claro, es lo mejor. Antes de tomar una decisión importante hay que asesorarse siempre.

Miré a Lily de reojo. Ahora estaba claro que yo no era un bobo que hacía tonterías. Estaba actuando como un señor de una empresa que se asesora antes de tomar una decisión. Eso era lo más importante: que Lily supiera que yo no era tonto y que actuaba con profesionalidad.

—Bueno, Julia —dije—, muchas gracias por tu ayuda. Me has aclarado mucho las ideas. Ahora sé lo que debo hacer. Ya vendremos a verte.

Salimos a la calle y Lily me preguntó:

—¿Ya sabes de qué color vas a pintar tu habitación?

—No, pero sé algo más importante —respondí—. Sé que he pensado bien. Sé que es fundamental elegir bien los colores. Sé que los colores significan cosas y sé que he hecho bien en querer saber cosas sobre ellos.

—Pues sabes mucho —afirmó, aunque no sé si lo dijo para burlarse de mí o sencillamente se convenció de que estaba hablando con un chico listo.

Durante el trayecto no dijo nada. Creo que estaba impresionada.

Volví a casa a tiempo para cenar. Papá acababa de llegar y estaba poniendo la mesa. Mientras le ayudaba, le pregunté:

—¿Tú crees que si pinto mi habitación de azul tendré más amigos?

Me miró como si no supiera de qué le hablaba. Incluso se equivocó de servilleta y puso la de mamá en mi sitio.

—Es que los colores significan cosas —dije para que no pensara que estaba loco—. El verde es la esperanza...

—Lo sé —dijo—. Hoy me he puesto rojo de ira por culpa del tráfico. Luego me he puesto morado a la hora de comer. Después me he puesto negro cuando he visto la factura del teléfono de este mes... Ya sé que los colores tienen importancia; pero de ahí a pensar que un color te va a traer más amigos...

Mamá entró en ese momento y nos dijo que nos sentáramos.

—Bueno, a ver, Maxi, ¿sabes ya qué color quieres para tu habitación?

—Pues tengo algunas ideas —dije.

—¿Algunas ideas? No querrás que la pintemos de varios colores, ¿verdad? —respondió.

—No, quiero decir que todavía lo estoy pensando.

—Bueno —dijo papá—, en realidad lo que trata de decirte es que le gustaría pintarla de color...

—¡Salmón! ¡Ese es el color que le irá bien! —le cortó mi madre—. Un color agradable, tranquilizador, cálido...

Papá y yo nos miramos un poco desconcertados. Mamá había decidido por mí y me quedaban pocas cosas por decir.

—El color salmón está de moda —añadió—. Así no tienes que darle más vueltas al asunto. Decidido: mañana llamaré al pintor para decirle que compre la pintura.

—Es que a mí...

—¿Qué?... ¿Es que no te gusta el salmón? —preguntó.

En el fondo, no me disgustaba aquel color. El salmón es un color cálido, suave y
tranquilizador. Y creo que también le gustará a Lily. Aunque yo, la verdad, habría
preferido tener tiempo para decidirme.

El pequeño lago Azul

Alfredo Gómez Cerdá

EL pequeño lago Azul no era realmente pequeño. Estaba situado muy cerca de los grandes lagos del continente africano, esos tan enormes que parecen mares. A su lado, claro, parecía más bien pequeño.

Muy cerca habitaba la tribu a la que pertenecía la bruja más alta, risueña y famosa de África: Zalumba-Sagora-Bonidirubambo, más conocida en otras partes del planeta por el nombre mucho más corto de Amelia.

Ella esperaba con impaciencia en el pequeño aeropuerto de la capital de su país la llegada de dos aviones. Uno venía del norte; el otro, del este. Esos aviones debían traerle a sus dos mejores amigas, también brujas famosas: la pelirroja Amalia, procedente de Europa; y la gordinflona Won-Shim-Flin-

Tantan-Tu, más conocida por Emilia, procedente de Asia.

Los dos aviones aterrizaron casi a la vez y, cuando se encontraron, las tres brujas se abrazaron y comenzaron a bailar. Estar juntas siempre las llenaba de satisfacción.

Ya en la casa de Amelia, una inmensa choza llena de calderos en los que humeaban pociones mágicas, esta les explicó mientras comían por qué semanas antes les había escrito una carta pidiéndoles ayuda.

—Ha ocurrido algo grave —les dijo.

—¿Grave? —se sorprendieron a la vez Amalia y Emilia.

—Muy grave.

—¿Muy grave? —Emilia se atragantó con un pastel de chocolate.

—El pequeño lago Azul se ha vuelto gris.

Después de la comida, las tres brujas se acercaron hasta el pequeño lago Azul y comprobaron con sorpresa que sus aguas habían perdido el color que las caracterizaba, un color que nada tenía que envidiar al del cielo en días claros y despejados.

Amelia había conseguido descubrir el

motivo de aquel cambio de color y se lo explicó a sus amigas:

—En mi país muchos jóvenes se marchan hacia el norte huyendo de la pobreza y de las guerras. Antes de marcharse acuden al pequeño lago Azul y en sus orillas lloran de pena, pues no saben si algún día podrán regresar. Y este lago, que es muy sentimental, se ha contagiado de su pena, se ha entristecido y...

—... y por eso se vuelve gris —concluyó el razonamiento Amalia.

—Y cuanto más gris se vuelve, más pena causa a los que se marchan.

—¡Oh!

—Y cuanta más pena muestran los que se marchan, más se oscurece el agua. ¿Lo entendéis?

—De seguir así, el agua se volverá tan negra como el carbón —razonó esta vez Emilia.

—Por eso os he llamado —continuó Amelia—. Necesito vuestra ayuda para que el agua vuelva a ser azul.

Las tres brujas se pusieron manos a la obra. Utilizaron todas las fórmulas que conocían y elaboraron pociones mágicas increíbles.

Una a una, fueron echando aquellas pociones en el pequeño lago Azul, pero nada consiguieron. El agua seguía gris y los jóvenes que acudían a despedirse se entristecían tanto al verla de aquel color que lloraban con amargura.

Al verlos llorar, el lago, que era tan sentido, se ponía mucho más triste todavía y sus aguas se volvían más y más oscuras. Aquello parecía el cuento de nunca acabar.

Infatigables, las tres brujas seguían haciendo pociones mágicas, pronunciando conjuros complicados, danzando en la orilla del lago alrededor de una hoguera... Pero el agua del lago no recuperaba su color azul.

Al cabo de varios días se dieron por vencidas. Estaban en una barca en el centro del lago, adonde habían acudido para derramar una de sus pociones mágicas. Desmoralizadas, se disponían a volver a la orilla.

—Remaremos Amalia y yo —dijo Amelia.

Emilia se alegró de no tener que remar, pues el ejercicio físico le hacía sudar a chorros. Se repantigó sobre su asiento y se puso a cantar. Ella era una gran cantante. Su canto animó a sus amigas y, al poco rato, las tres cantaban una canción.

Y entonces se produjo la magia. El agua del lago, cautivada por aquella melodía, comenzó a clarear; y su color gris se fue azulando poco a poco.

Cuando llegaron a la orilla el pequeño lago Azul estaba más radiante que nunca. Su color competía con el cielo limpio de la tarde.

De esta forma, gracias a la música, el agua del pequeño lago Azul volvió a recuperar su color. Los jóvenes que se marchaban al norte huyendo de la pobreza y de las guerras no dejaban de acudir a su orilla; pero al verlo tan azul y tan bonito, se alegraban un poco e iniciaban su camino con algo más de esperanza.

Eso sí, desde entonces Amelia, o Zalumba-

Sagora-Bonidirubambo, de tarde en tarde, se sube a una barca y recorre el lago de una punta a otra. Y mientras rema no deja ni un segundo de cantar.

Ballenato y Jurelín
Juan Antonio de Laiglesia

Hay un dicho popular que asegura que «el pez grande se come al chico» y yo voy a demostraros, amigos míos, que esto no siempre es cierto, porque a veces el pez chico... no se come al grande, pero... Bueno, os lo voy a contar:

Bajo el cielo azul, sobre las azules aguas del mar, navegaba majestuoso Ballenato, el pez más grande de todos. Como un enorme transatlántico, se deslizaba ante el temor reverencial de los pescadores y el aplauso admirativo de los turistas.

Ballenato era muy popular y gozaba de la protección de los ecologistas y de todos los niños que le arrojaban miguitas, que él aceptaba por puro compromiso, porque sus almuerzos y sus cenas eran de toneladas de mariscos y pecezotes de grueso calado.

A la hora de comer, abría Ballenato su enorme bocaza y se precipitaban en su garganta centenares de mariscos, calamares y peces de todas clases.

Como Ballenato, ya lo sabéis, carecía de dientes, filtraba sus presas a través de esas barbas, verdadera selva intrincada de varillas, donde retenía su pitanza que al final se precipitaba en su barrigota.

Y pensaréis que, tan admirado y bien alimentado, Ballenato era feliz. Pues no, no lo era, y vais a saber por qué:

La causa de su desdicha era precisamente el ser más menudo y despreciable del mundo animal: Jurelín.

Sí, sí, se llamaba así: era un jurel, una sardinita de la especie más vulgar y diminuta del Reino Marino.

Los pececillos como Jurelín los devolvían al mar los pescadores al vaciar sus redes, pero a Ballenato aquel Jurelín le traía a mal traer. Ganas le entraban de devorarlo, y no por gula, sino por acabar con sus constantes burlas.

—¿A que no me comes? —le gritaba, escondido entre la maraña de barbas de la garganta de Ballenato.

Mil veces trataba de atraparlo y enredarlo, pero mil veces Jurelín se le escapaba entre ruidosas carcajadas.

—¡Grandullón, tripón, no evitarás mi evasión!

Y Ballenato, una y otra vez, se desesperaba.

Al final perdió el apetito y casi no quería abrir la bocaza, no fuera a colarse ahí dentro Jurelín.

Pero este se le presentó muy preocupado, y a prudente distancia le gritó:

—¡Ballenato! ¿Firmamos la paz? ¡Creo que te conviene!

—¿Me conviene? ¿A mí? Querrás decir...

—Quiero decir lo que te digo. Se acerca un terrible enemigo, que te odia y desea acabar contigo. Yo puedo derrotarle. ¿Firmamos la paz?

Y ante tamaña audacia, a Ballenato no le quedó otro remedio que firmar aquella paz con un chorro de tinta de calamar, que puso perdido al pobre Jurelín.

Pero no se había equivocado el pececillo, porque al día siguiente, en medio de una horrible tormenta, apareció Octopus, el gigantesco pulpo de ocho brazos y, atacando a Ballenato, se le fijó en la cabeza, le rodeó la bocaza con sus tentáculos para impedirle que la abriera, y le gritó:

—Ya no podrás abrirla durante mucho tiempo, y el hambre terminará contigo. Estás derrotado, Ballenato. ¡Ríndete!

Sin embargo, Jurelín, como un diablillo, coleó entre los tentáculos de Octopus, que sintió tales cosquillas que tuvo que soltar la presa, momento que aprovechó Ballenato para lanzarle de un coletazo contra los gigantescos muros del malecón.

Así acabó Octopus y comenzó la amistad entre el gigantón Ballenato y el más que diminuto Jurelín.

¿Veis como no siempre se come el pez más grande al pez más chiquitín?

El hada Siderurgia

Fernando Lalana

Hubo gran alborozo en el reino de Monegrillo cuando nació la princesa heredera, a la que pusieron el nombre de Pilarín.

El día del bautizo de la princesa Pilarín todos los monegrillenses vistieron sus mejores galas. Y, siguiendo antiguas tradiciones, el rey Francho El Ancho invitó a la fiesta a todas las hadas buenas del reino, que juntaron sus ahorros para comprarle a la princesica una cuna de madera de árbol verdaderamente pochola.

Los habitantes de Monegrillo admiraban a las hadas, siempre tan guapas, elegantes y delicadas. Una de ellas, sin embargo, desentonaba del resto.

El hada Siderurgia era grandona, fea y fachosa. Sus compañeras se metían con ella porque le gustaba hacer deporte. Decían que tenía piernas de corredor de fondo y brazos de lanzador de jabalina. Y le tomaban el pelo. Para acabarlo de arreglar, Siderurgia siempre calzaba zapatillas deportivas. De esas con lucecitas coloradas en las suelas.

Un desastre de hada, vamos.

El festín en honor de la princesa Pilarín estaba resultando perfecto. Todo eran sonrisas, brindis y felicidad.

—¡Viva la princesica Pilarín!

—¡Vivaaa!

—¡Viva su padreee!

—¡Vivaaa!

Mas... de pronto, hizo su aparición la malvada bruja Melopea, famosa por intentar colarse «de gorra» en todas las cuchipandas.

—¿Me enseña su invitación, señora, por favor? —le pidió el guardia que vigilaba la entrada.

—Enseguida, joven, jo, jo, jo... —respondió Melopea.

Melopea metió la mano en el bolsillo y en lugar de la invitación... ¡sacó una de sus varitas mágicas de acero inoxidable!

—¡Cucú! —gritó la malvada bruja.

Y, tocando al soldado con la varita en el ombligo, lo convirtió en un reloj de cocina marca Timex. Y se coló en la fiesta.

Al ver entrar a Melopea, un mayordomo corrió a avisar a las hadas buenas, que se estaban poniendo como el quico de langostinos cocidos y canapés de *fuagrás*.

—¿Cómo? ¿Melopea aquí? —gritó el hada-sargenta Violeta—. ¡Se va a enterar esa bruja! ¡Al ataque, compañeraaas!

Las hadas buenas avanzaron en tropel. Pero Melopea, escondida tras una fuente de mandarinas, desenfundó sus dos varitas mágicas del calibre 45 y disparó sobre ellas un potente hechizo colectivo.

—¡Cucurrucucú! —recitó Melopea.

Al instante, todas las hadas quedaron convertidas en setas de cardo.

Cundió el pánico. La princesica Pilarín rompió a llorar en su cuna. ¿Quién detendría ahora a la malvada bruja?

¡Quién había de ser! Naturalmente, el hada Siderurgia, que se encontraba sola y triste en un rincón, comiendo galletitas saladas, olvidada por sus compañeras.

—¡Detente, Melopea! —gritó con su recia voz, corriendo hacia ella.

Calzada con sus zapatillas deportivas, Siderurgia cruzó el enorme salón del trono en diez segundos y tres décimas (mejor marca del año).

Al verla llegar, la bruja intentó detenerla lanzándole un horrible conjuro.

—¡Cucurucú! —gritó Melopea.

Pero Siderurgia, en plena forma, lo esquivó con un regate en corto. El hechizo fue a estrellarse —¡crofch...!— en las narices del primer ministro del país, quien quedó convertido en videocasete VHS con función de —¡zuuuum...!— rebobinado rápido.

Poco después, Siderurgia saltó en plancha sobre la bruja Melopea —¡kiayyy...!— y la inmovilizó con una llave de judo.

Después la cogió por los tobillos, le dio dos vueltas en el aire y —¡fiiiiuuu...!— la lanzó por una ventana abierta.

Todos los invitados prorrumpieron en bravos y —¡plas, plas!— aplausos.

Melopea cayó —¡chuof!— en el foso del palacio, donde tuvo que convertir —¡cucú, cucú, cucú, ay, ay, cucú!— a los cocodrilos reales en macetas con geranios para poder salir con vida.

En premio a su valor, el rey Francho nombró a Siderurgia entrenadora de los ejércitos reales con un sueldo de aquí te espero.

Desde aquel día se practica mucho más deporte en el reino de Monegrillo. Incluso las hadas buenas van al gimnasio de cuando en cuando.

¡Ah! Y en todas las fiestas de gala es obligatorio, desde entonces, el uso de chándal y zapatillas deportivas.

Y colorín azulado, este cuento ha terminado y aún no hemos merendado.

C'Al-Zado enamorado

Mariasun Landa

AL nacer, la gata Marlene era azul. De un azul celeste como el amanecer. Al hacerse mayor, su color se fue volviendo azul violeta como el crepúsculo y, cuando ya era una dama misteriosa de la calle Sin Nombre, su color era de un azul de mar nocturno, casi marino.

Eso no es lo más curioso. Lo realmente especial en ella es que nació para ser una gran artista. Y lo fue. Sus maullidos cautivaron durante muchos años los tejados de los edificios más señoriales de la ciudad y tuvo infinidad de gatos locamente enamorados a sus pies. Recibió caricias, manjares y halagos como correspondía a una gran diva y fue coronada Reina de los Tejados en más de una ocasión.

Pero de eso hace ya mucho tiempo. La vida es muy dura con las gatas artistas y mucho más si son de un color azul que va cambiando con los años.

Ahora ya no es lo de antes. Ahora habita en la calle Sin Nombre, donde nada ni nadie le recuerda a los viejos tiempos. Ahora tiene que merodear lánguidamente con aires de reina destronada, buscarse la vida con dificultad, pero conservando, eso sí, su dignidad y su orgullo.

Esta noche ha decidido viajar y nada mejor para ello que llamar al taxista C'Alzado, zapato negro y abandonado de la calle Sin Nombre que transporta a quien se lo pida con tal de poder charlar con alguien.

—¿Adónde la llevo, señora?

—¡A ver mundo! —ha respondido Marlene altivamente, sin dudar.

—El mundo es inmenso... Si tiene usted la amabilidad de indicarme, al menos, si tengo que dirigirme al norte, al sur, al este o al oeste...

Marlene, la gata más ilustre de la calle Sin Nombre, no ha vacilado en contestar:

—¡Todo! ¡Lo quiero ver todo! ¡Ardo en deseos de viajar! *¡Avanti!*

Y Marlene ha metido dentro del zapato negro una patita, luego la otra y, en un rápido gesto, las otras dos patas posteriores. De esa forma, C'Al-Zado se ha convertido en su chófer. El zapato negro, de cordones roídos, boca abierta con algunos clavos sueltos, suela agujereada, se ha encaminado con decisión calle arriba, con paso rápido pero prudente. Hoy lleva una clienta especial, una carga frágil y delicada, mimosa y tiránica, una verdadera *vedette* de la que siempre había oído hablar. Está nervioso, se siente inquieto...

—¡No corra tanto, por favor! ¡No por levantarse antes amanece más temprano! —se ha quejado ella imperiosamente.

Marlene se balancea como si llevara altísimos tacones y además no tiene casi en qué apoyarse, está sola. Como el taxizapato.

C'Al-Zado ha obedecido limitándose a arrastrarse con suavidad sobre un pavimento *charoleado* por la lluvia, con el humor de los días de fiesta y un tanto azorado: nunca había transportado a una artista a conocer el mundo.

—A la derecha se encuentra el bar *Tertulia,* lugar donde se puede visitar un cementerio de huesos de aceituna y colillas de cigarrillos. A la izquierda, usted puede contemplar la farmacia *Dolorcillos*, donde se compran tiritas, desodorantes para los pies, plantillas, callicidas... Más adelante, la zapatería *Paso a Paso*, lugar donde yo nací...

—¡Muy interesante! —ha dicho Marlene sin entusiasmo—. ¿Y el Palacio de la Ópera Gatuna? ¿Dónde se encuentran los tejados bailables?

—Nunca lo he sabido, señora, excede a mis conocimientos. Además, cuando hice mis estudios de guía turístico de las calles Sin Nombre no nos enseñaron eso. De hecho, no aprendimos casi nada... En realidad, todo lo que sé me lo ha enseñado la vida... ¡Si yo le contara!

El taxizapato quiere hablar, charlar, conversar, pero Marlene no está para escuchar las confidencias de nadie.

—¡Ardo en deseos de conocer las cataratas del Gatiniágara, las pirámides de Gatiegipto, la muralla de Chinagat y el Partenón de Gatatenas...

—¡Ah, ya! Ahora entiendo sus deseos. Ya sé adónde llevarla.

C'Al-Zado, el taxizapato, ha cogido un rumbo decidido. Luego parece dudar un momento...

—Si le parece, señora, aparcamos un momento en esta alcantarilla. Es un lugar seguro y con un poco de suerte puede usted comer ratoncillo crudo en salsa alcantarillosa. Yo, mientras tanto, tengo que revisar mis conocimientos callejeros. Este servicio es algo inhabitual, tiene que comprenderme...

—¡No faltaba más! Y no se preocupe por mi alimento, acabo de cenar opíparamente.

C'Al-Zado no ha tardado más que unos segundos en consultar la guía de calles Sin Nombre para taxizapatos desorientados.

—¡Ya está! Estamos allá en menos que maúlla un gato, con perdón.

La ha llevado frente al escaparate de una agencia de viajes. Bajo una luz fosforescente, palmeras tropicales, playas desiertas y montañas de nieve se exponen ante sus ojos... En un póster enorme, las pirámides de Egipto, los rascacielos de Nueva York, las cataratas del Niágara, los leones de Kenia, los más bellos templos de Grecia, la torre Eiffel de París y la muralla china, como una larga serpiente de piedra...

—¡El mundo es realmente hermoso! —ha exclamado Marlene, satisfecha— ¡Es una pena que no sepan lo maravillosa que soy...!

C'Al-Zado, ya locamente emocionado, no ha dudado en consolarla:

—¡Cualquier día la contratarán! Estoy casi seguro de que...

—Por eso me gusta venir a ver de antemano los sitios a los que tengo que viajar. El éxito me tiene que coger preparada. ¿No le importa si volvemos cualquier otro día? ¡Son tantos países, tantos lugares exóticos! Una necesita tiempo para prepararse.

—Puede usted contar con mis servicios. No me había atrevido a decírselo, pero la he reconocido enseguida: es usted la famosa Gata Azul, ¿verdad?

—La más azul de las gatas azules, sí. Pero guarde usted discreción.

—¡Por supuesto!

Están llegando al punto de partida. Ha sido una *tournée* estupenda.

—¿Mañana, a esta hora? —pregunta ella, coquetamente.

—¡No faltaré! ¡Es un honor para mí!

—¡Cuidadito con avisar a la prensa, a la tele y a las radios! Voy de incógnito —ha puntualizado antes de bajarse del taxizapato.

—¡A sus pies, señora! ¡Hasta mañana!

El taxizapato se siente exaltado, muy enamorado.

La luna, vigilante, se sonríe en el cielo. C'Al-Zado lleva haciendo lo mismo hace ya tres meses. Marlene también. Es un amor casi imposible, pero amor al fin y al cabo.

Seguirán mañana.

Carlota la que bota

Pilar Mateos

Un día Carlota se cayó rodando por las escaleras. Y algunos vecinos acudieron a recogerla.

—A ver, ¿dónde te has hecho daño? —le preguntó un señor con bigote que se metía en todo.

Le revisaron las rodillas y las manos; los dos dientes de arriba. Y cada cosa estaba en su sitio.

—No hay que preocuparse —comentaron los vecinos—. Los niños son de goma.

Y a Carlota le pareció una noticia fantástica.

—Ah, claro —reflexionó—; por eso he bajado rodando como una pelota.

Y, por eso, a la hora de dormir la siesta, se deslizó del edredón de cuadros y saltó al suelo dando botes, pum pum purumpum-pum, cada vez más bajitos; correteó por la tarima, rebotó contra el armario y se quedó parada en medio de la alfombra de pájaros azules.

—¡Soy de goma! —exclamó entusiasmada—. ¡Estoy botando!

De un brinco subió hasta el techo, chocó contra la lámpara, y salió disparada hacia las paredes, rebotando por todas partes como un pájaro.

En uno de esos rebotes se escapó por la ventana, aterrizó en el toldo de una confitería y corrió, dando tumbos, hacia el semáforo de la esquina. ¡Y el semáforo estaba rojo! Una conductora avispada pisó hasta el fondo el freno de su coche.

—¡Cuidado! —se sobresaltó—. ¡Una pelota!

Porque sabía que detrás de una pelota casi siempre aparece un niño persiguiéndola. Y cuando no, aparece una niña.

—¡Eh, niña! —la llamó—. ¡Eh, pelota!

Pero Carlota seguía rodando calle abajo, golpeándose contra el bordillo de la acera, hasta que se atascó en las rejas de una alcantarilla, entre papeles abollados y latas vacías.

—Será mejor que me espabile —se dijo—, no sea que alguien me pegue una patada para meter un gol.

Se empinó un poco y reanudó la marcha. Y allá se fue, por la acera, dando brincos cada vez más altos. Alcanzaba las luces de las farolas y las barandillas de los balcones.

—¡Qué alta va! —se admiraba la gente.

Alcanzaba las misteriosas praderas de pizarra donde habitan los gatos.

—Y quién sabe —se decía con optimismo—. A lo mejor llego hasta las estrellas.

Pero la copa de un fresno se interpuso en su camino. Y se quedó encajada entre dos ramas muy confortables, arropada por un tejido brillante de hojas menudas. Alrededor del árbol, los más curiosos empezaron a señalarla con el dedo.

—¡Mirad eso! —apuntaban—. ¿Qué es eso de allá arriba?

—Es una niña —dijeron algunos.

Pero los otros no estaban de acuerdo.

—¡Qué va a ser una niña! Eso es un balón.

—¿Un balón con orejas? ¿Dónde se ha visto un balón con orejas como si fuera una niña?

—¿Y dónde se ha visto una niña encajada en un árbol como si fuera un balón?

Todos los que pasaban se detenían a dar su parecer. Y a consultárselo a Carlota.

—¿A que eres una niña rubia?

—¿A que eres un balón amarillo?

Y, como ella no les contestaba, llegaron a la conclusión de que era un balón amarillo.

Porque, si fuera una niña, lo diría.

Entonces se pusieron a sacudir el tronco para que se cayera al suelo. Y la niña chillaba.

—Es Carlota la que bota —dijo aquel vecino con bigote que, por fortuna, se metía en todo—. No la tiréis.

Y Carlota resopló con alivio, tan hondamente que se quedó sin aire.

—Vaya gracia —se lamentó—. Creo que he pinchado.

Al aflojarse, se escurrió de las ramas y se cayó al suelo. Pero esta vez no rebotó hacia arriba, sino que se quedó sentada, lloriqueando, como cualquier niño que se da un trastazo.

—¿Y por qué no botas? —se burlaban algunos—. ¿No eres un balón?

—No boto porque estoy pinchada —les explicó Carlota.

—Pues te pondremos un parche —dijo el vecino con bigote que se metía en todo—. A ver, ¿dónde te duele?

Le dolía una pierna. Y le pusieron una venda dura en la que sus amigos le firmaron autógrafos y dedicatorias cariñosas: «A Carlota, la que bota». Y cosas de esas.

—Los críos, ¡hay que ver...! —seguía diciendo la gente—. Es que son de goma.

Pero, desde ese día, Carlota no ha vuelto a tomárselo en serio.

Coche nuevo

Miguel Ángel Mendo

—¿Y no era azul?

—No. Era de color gris. Pero, además, un gris oscuro feísimo. Horroroso.

—O sea, que fue una mala jugada de la tienda.

—No, lo que pasó, según nos contó mi padre, fue que se tuvo que llevar ese coche porque no había otro. Si lo quería azul tenía que esperar casi un mes más a que se lo dieran.

—Y, claro, no podíais esperar.

—No. Ya te he dicho que el coche lo necesitaba mi padre porque le había salido un trabajo de vendedor de ollas a presión. Tenía que viajar como representante por toda la zona de La Mancha. Y si no tenía coche no podía empezar a trabajar. Y necesitaba el dinero.

—Pero si tenía dinero para comprar un coche...

—Bueno, era un simple seiscientos. Ya sabes, el más barato. Y muy canijo. Aunque a mí, con mis nueve años, me parecía el no va más. Y mis padres lo fueron pagando a plazos durante nosecuantos años.

—Sigue, sigue. Y entonces qué pasó.

—Cuando mi padre llegó a casa con el coche de color gris, nos quedamos un poco tristes. Bueno, tampoco fue así. La verdad es que estábamos que dábamos saltos de alegría. Era sábado y le esperábamos asomados al balcón. Nada más verle llegar bajamos corriendo a examinarlo. Él venía entusiasmado, y nos hizo subir enseguida a todos para que lo probásemos. Mi madre delante, con él, y mi hermana Alicia y yo detrás. La verdad es que estábamos más contentos que unas castañuelas. Era el primer coche que teníamos. Mi padre nos llevó a dar un paseo larguísimo por la Ciudad Universitaria. Alicia y yo no parábamos de tocarlo todo. ¡Y cómo olía! ¡A nuevo!

—Pero que fuese de color gris...

—Sí. Ese fue el problema. Volvimos del paseo contentos, pero luego mi madre se puso a discutir con mi padre. Que si era un color muy feo, que si tal y que si cual. Mi padre decía que a él no le parecía tan importante. Que, además, el gris era un color muy serio que le venía muy bien para vender ollas exprés. Mi madre le dijo que, claro, que él lo había elegido gris a propósito, que era mentira que no los había de color azul. Mi padre decía que no era cierto. Que podían ir a la tienda a comprobarlo. Que a él también le hubiese gustado azul, pero que si empezaba a trabajar el lunes, no podía esperar a que los trajesen de otros colores.

—¿Se enfadaron?

—Sí. Se enfadaron mucho. Discutieron y se pasaron la tarde del sábado sin hablarse.

—Y luego, ¿qué pasó?

—Pues nada. Nos fuimos a dormir. Pero a mí ya me rondaba una idea en la cabeza, y se la dije a mi hermana Alicia.

—¿Qué idea?

—Pues, como había un bote de pintura

grande que había sobrado de cuando se pintaron las puertas y las ventanas del piso, y era azul, se me ocurrió que, al día siguiente, el domingo, cuando nuestros padres estuviesen durmiendo la siesta, ella y yo nos bajásemos a pintar el coche. Como a los dos les gustaba azul, pues ya estaba. Lo pintaríamos de azul. Y así no discutirían más.

—¿Y eso fue lo que hicisteis?

—Sí. Nos fuimos al armario trastero, agarramos un par de brochas y el bote de pintura (que además era de esmalte, de ese que no se quita con nada) y nos bajamos a la calle sin que nos vieran. Y nada, nos pusimos a pintarlo.

—¿Y no os vio nadie, ningún vecino? ¿Nadie vio a dos niños pequeños con un bote de pintura embadurnando un coche nuevecito? ¿Os dejaron pintarlo en la calle?

—Sí, porque vivíamos en un sitio bastante apartado y allí, detrás de la casa, que fue donde mi padre aparcó el coche, no había nadie. Además, a la hora de la siesta y con el calor que hacía, aquello estaba desierto.

—Total que...

—Total que nos pusimos a pintarlo. Recuerdo que yo me encargué de la parte de delante que era la más difícil, y mi hermana Alicia, que tenía dos años menos que yo, se puso a pintar la de atrás. Hicimos un trabajo estupendo. Bueno, eso nos pareció a nosotros entonces. Yo, la verdad, me había salido un poco de la línea, y el cristal de delante, el parabrisas, me quedó un poco manchado. Pero estaba precioso. La matrícula quedó perfecta.

—¿Pintasteis de azul también la matrícula?

—No. Fue lo único que quedó blanco. Las dos matrículas. Quiero decir que no dejamos ni una sola mancha en ellas. Las ventanillas de los lados, regulín regulán. Nos pasamos un poco. Bueno, la del lado de Alicia quedó un poquito mal. Se pasó mucho y pintó la mitad del cristal. Y luego, como no nos llegó la pintura para todo, pues el lado izquierdo quedó a brochazos, medio gris y medio azul. Un poco como una cebra muy rara. Pero a nosotros nos encantó.

—¿Y luego, cuando lo vieron tus padres?

—Bueno, estábamos deseando que lo viesen, pero queríamos darles una sorpresa y no dijimos nada. Así que nos fuimos a dormir llenos de ilusión. Lo vio mi padre el lunes por la mañana, muy temprano. Cuando se iba a una convención que había preparada en un hotel de El Escorial para reunir a todos los vendedores que iban a empezar a trabajar. No pudo irse. Subió hecho una furia a la casa, nos levantó a todos de la cama y aquello fue tremendo. Los gritos se oían a varios kilómetros de distancia.

—¿Y luego?

—Nada. Al final acabamos todos llorando y abrazados en la cama de mis padres.

—¿No os castigaron?

—No. Al revés. Fue muy bonito. A partir de ese día nunca más vi discutir a mis padres. La verdad es que todos nos quisimos mucho más.

—¿Y el trabajo de tu padre?

—Lo perdió. Nunca fue vendedor de ollas a presión.

—¿Y entonces...?

—Bueno, pues al cabo de unos meses le

salió otro trabajo. Ganaba menos, pero estábamos encantados con nuestro coche nuevo. Nos íbamos a La Pedriza a comer todos los domingos tortilla de patatas.

—¿Siguió siendo azul?

—Sí, por supuesto. Siguió siempre tal y como lo habíamos dejado nosotros. Mi padre nunca lo volvió a pintar.

—¿Y no se burlaba la gente de vosotros al veros pasar? ¿O los amigos de tus padres?

—Sí. Algunos. Pero a los amigos les contaba la historia de cómo sucedió, y entonces dejaban de reírse. A todos les encantaba.

—¿Y qué fue del coche?

—Nada. Lo tiene Alicia, en un garaje. Ahora es de los dos. A veces nos damos un paseo con él. ¿Quieres que vayamos a dar una vuelta tú y yo?

—¿Cómo? ¿De veras lo tenéis todavía?

—Claro que sí. Y además, si lo quieres, cuando crezcas será también tuyo.

—¿Sí? ¡Bravo! ¡Hurra por mi papá!

Ladrón de poesías

Gonzalo Moure

Este cuento está dedicado a Adrián Jovellanos,
un niño de Oviedo que llamó «Voladores de gloria»
a las mariposas.

Hace dos veranos, mi abuelo me regaló
un cazamariposas. El abuelo Mario tenía
una colección de mariposas en cajas de cristal, con letreros preciosos, y quería que yo
heredara su colección, y también su afición.
Por eso me regaló el cazamariposas.

Sin embargo, yo era muy torpe. Soy un
niño torpe, más bien gordo. A mí, me da
igual. Soy feliz como soy, cuando soy feliz,
y cuando soy desgraciado, tampoco lo soy
más por ser gordo. Todo lo contrario. En
fin, que mi peso no me convierte en el más
ágil de los niños. Cuando corro me asfixio,
y la flexibilidad no es mi fuerte, la verdad.
Además, para cazar mariposas, hay que dar

saltitos, y levantar mis pies del suelo es algo que me da vértigo.

Mi abuelo comprendió pronto que yo no iba a ser su sucesor. Pero no desesperaba.

Enrique, me decía, a ver si hoy...

Y yo salía con mi cazamariposas por el parque. Tampoco me daba vergüenza, eso nunca. Reconozco que se reían de mí los otros niños. Con mi cazamariposas al hombro, y comiendo un bocadillo, debía de tener una pinta que... yo también me habría reído.

Un día vi una mariposa. Ya fue un avance, porque la mayoría de las veces, ni las veía. Nada más verla, salí tras ella, resoplando.

Pero hay que ver cómo vuelan las mariposas. Qué rápidas, cuántos quiebros hacen en el aire. Allá iba yo, corriendo y tratando de saltar, con la gracia propia de mis cincuenta kilos repartidos en menos de un metro de estatura. ¡Buf!

La mariposa, ya lo he dicho, era muy esquiva. En uno de sus cambios de dirección se fue hacia un banco en el que había un señor sentado. Llevaba gorra azul, de marinero, y escribía en un cuadernito. La mariposa revoloteaba por encima de su cabeza, curioseando en su gorra azul. Yo me detuve, contuve la respiración, y pasé el cazamariposas por encima de la gorra. Pero la mariposa salió volando, y se perdió entre un grupo de árboles especialmente frondosos.

«¡Eh, casi me dejas sin gorra!», me dijo el señor del banco, con una sonrisa. Le pedí perdón y me volví hacia casa. Pero entonces las vi. Había algo en la redecilla del cazamariposas. Me paré y miré.

¡Palabras! Busqué un banco, y las fui sacando con cuidado de la redecilla. Eran palabras raras, pero hermosas. Las fui depositando en la madera del banco, una detrás de otra. Pero se comportaban como hormigas. De verdad. Se movían solas, se ponían donde querían, hasta que...

¡Una poesía!

No entiendo mucho de poesía, pero aquella era estupenda. Sonaba de maravilla, emocionaba... Volví a meter las palabras en la red del cazamariposas, me fui a casa corriendo, en la medida de mis posibilidades, entré en mi cuarto, saqué las palabras de nuevo, las puse en desorden sobre la mesa... ¡Y otra vez! Ellas solas se movieron, a toda velocidad, y volvieron a componer los versos.

Yo sé que no soy malo. Ni tampoco mentiroso. Pero... digamos que a veces caigo en la tentación. La poesía estaba allí, sobre la mesa, y mi cuaderno de composiciones, estaba vacío. La maestra nos había pedido una poesía, y entre mis habilidades tampoco estaba la de escribir poesías. ¿Y si...?

Fui poniendo las palabras encima del cuaderno, sin orden, y las palabras volvieron a colocarse en su sitio. ¡Vaya!, quedaba perfecto. Levanté el cuaderno, lo sacudí... Allí seguía la poesía. Lo cerré, lo volví a abrir... ¡Perfecto!

Entonces pensé que podían ser imaginaciones mías. Busqué a mi madre, y le di el cuaderno abierto, por la página de la poesía.

«¿Una poesía? ¿La has escrito tú?»

Le dije que sí, y esperé. El corazón me iba a mil por hora. Pero mi madre leía, despacio, moviendo los labios. Cuando acabó, dijo, muy emocionada: «Es... ¡preciosa!».

Lo mismo opinó la maestra, al día siguiente. Me puso la mejor nota, y me hizo leer la poesía tres veces, ante la mirada asombrada de mis compañeros.

Reconozco que fui avaricioso. Aquella misma tarde volví al parque, con mi cazamariposas. Allí estaba el hombre de la gorra azul, en su banco. Fingí que estaba cazando una mariposa, pasé a su lado y... ¡zas! Hice volar mi cazamariposas por encima de su gorra. Me alejé con disimulo, miré la redecilla y... ¡allí estaban!

Corrí hasta mi casa, saqué las palabras... ¡Otra poesía! Más bonita aún que la del día anterior. Entonces abrí un cuaderno nuevo, escribí en él «Poesías del parque de primavera», y puse las palabras en la primera página.

Repetí la operación todos los días de aquel mes de mayo. Llegaba al parque, me acercaba al banco... El libro engordaba, y

108

yo me veía triunfando, con mi libro de poesías, saliendo en todos los periódicos, con mi nombre en letras más gordas que yo mismo. Apenas podía dormir, con mis sueños de fama y riqueza.

Una tarde, después de que pasara el caza-mariposas por encima de su cabeza, el señor de la gorra azul me habló:

«¡Hombre, el cazador de mariposas!»

Me debí de poner rojo como un tomate.

«¿Y qué?», me preguntó. «¿Cazas muchas?»

«Algunas, sí», logré decir.

«Pues qué suerte», dijo el hombre. «Yo vengo aquí todas las tardes, para ver si logro escribir un poema. Pero no sé qué me pasa, que llevo un mes que... Debe de ser la edad. Pienso, pienso, pero no me vienen las palabras a la cabeza. ¡Me quedo en blanco!»

Yo no sabía qué decir. Como pude, me despedí de él, y fui arrastrando los pies hacia mi casa. Subí a mi habitación, y de pronto recordé que no había mirado la red. Lo hice, pero solo había tres palabras. Con cuidado, las agarré con los dedos, y las puse encima de la última página del cuaderno. ¿Una poesía de tres palabras?

Pues no. No era una poesía de tres palabras. Eran tres nombres. O mejor dicho, un nombre, y dos apellidos. Como siempre, se movieron por la hoja, se cambiaron de sitio, y se colocaron debajo del último poema. Entonces no tuve ninguna duda sobre a quién pertenecía el nombre.

Esa noche, no pude dormir.

Por la mañana fui al cole, pero reconozco que no me enteré de nada. Estuve, pero mi mente no estaba. Solo pensaba en la tarde.

Después de comer, cogí el cuaderno y, lentamente, bajé las escaleras. No hacía sol, y había menos gente que nunca en el parque. Pero allí, en su banco, estaba el señor de la gorra azul. Fui hasta el banco, y me senté a su lado. El hombre cerró su cuaderno de tapas azules.

«¿Qué? ¿Hoy no cazas?»

«No», le dije. Y le di el cuaderno. Para mi sorpresa, no lo abrió. Lo tomó en sus manos, hizo como si estuviera pesándolo, sonrió, me guiñó un ojo, y me dijo: «Gracias. Las echaba de menos».

Entonces, señaló encima de mi cabeza. Miré, pero no vi nada.

«¿Por qué no pruebas?», me dijo. Y volvió a guiñarme el ojo.

Le hice caso. Mi primer libro se llamó «Mariposas, voladores de gloria».

Mi abuelo Mario está muy orgulloso, y tiene mi libro junto a su colección de mariposas.

La música amansa a las fieras

Elena O'Callaghan i Duch

—¡Me metes en cada aprieto con tus preguntas! Pero ven, hijo, siéntate a mi lado. Intentaré darte una respuesta. Escucha bien: te voy a contar algo que sucedió hace mucho tiempo, cuando yo era pequeño, más pequeño que tú.

A alguien de la familia se le ocurrió un buen día decir que yo tenía mucho sentido del ritmo. Mis padres se lo creyeron a pies juntillas. Así que, para desarrollar mis habilidades musicales, me regalaron un tambor. Yo era por entonces un tierno bebé. Tenía casi un año.

El pobre tambor murió ahogado a causa de mis babas tres meses después. Mis padres no se dieron por vencidos y, al cumplir el año y medio, me compraron otro mayor y mejor que el primero. Todo él era de un precioso color azul. Me encantaba oír el rataplán resonando por toda la casa. ¿Y en el agua? ¿Sonaría igual en el agua? Así fue como mi segundo tambor murió también ahogado. Esta vez en la bañera. Desde ese día, en casa me llamaron Pitufo. El tambor destiñó lo suyo y, según mi madre, me tuvo que rescatar de la bañera impregnado de color azul tambor.

La pandereta llegó a los tres años, cuando mi sentido del ritmo estaba más desarrollado. Para entonces, yo ya iba al colegio de los peques.

—Oye, Pitufo, ¡ni se te ocurra meterla en la bañera! —dijo mi padre.

Ni se me ocurrió, claro. Lo que sí se me ocurrió un buen día fue llevar la pandereta a la escuela, con gran regocijo de mis compañeros. La pandereta sirvió de sombrero a todos los de la clase. Bueno, a todos menos a uno, que prefirió usarla como bufanda y se la encasquetó por la cabeza.

Fue el fin de la pandereta. Lloré desconsoladamente porque yo, a esa edad, ya tenía muy claro el sentido del ritmo; pero tenía más claro todavía el sentido de posesión:

—¡MI pandereta, MI pandereta! —lloré desconsoladamente.

—¡Pobre Pitufo! No llores Pitufín, ya lo arreglaremos.

Y lo arreglaron.

Para compensarme de tan tremenda pérdida, mis padres me regalaron una trompeta. Solo tenía cuatro notas, así que aprendí a tocarla rápidamente. También rápidamente, los vecinos se enteraron de mis buenos pulmones para soplarla. La trompeta desapareció a los tres meses, a causa de una vil traición de los vecinos de abajo, que no supieron entender mis dotes musicales.

Y así fue como entró la armónica en mi vida. Tan rápido como entró salió. Murió también ahogada. Esta vez con naranjada porque se me ocurrió sorber el zumo a través de ella, a ver qué pasaba. Y lo que pasó, según mi madre, fue una inmensa porquería:

—¡Qué asco! ¿Te parece bonito lo que has hecho, Pitufo Marrano?

Debo reconocer que muy bonito no fue. Además, la armónica se puso perdida. Si soplaba, salía de allí dentro una fina lluvia de gotas pegajosas que se iban esparciendo por toda la casa ante el desespero de mi madre. Vamos, que la trompeta quedó inservible.

La música amansa las fieras, les dijo la maestra tres meses más tarde. Y así me tocó la flauta por casualidad. Con la flauta hubo

mejor suerte. Me duró dos años, seguramente porque los vecinos de abajo se habían mudado a otro apartamento. Esta vez,
yo no tuve la culpa de la muerte de la flauta. La decapitó mi hermano jugando a in-
dios y a vaqueros:

—¡Pitufo! ¿Tú querer ver cómo yo usar
hacha de guerra?

—¡No! Pitufo querer que tú devolver la
flauta inmediatamente o me chivaré al gran
jefe y te vas a enterar.

Salió disparado, flauta en mano.

—¡Hau, rostro pálido!

Y pálido quedó mi padre cuando vio que
había roto la flauta.

—¡En esta casa —sentenció la mar de
enfadado— ya no entra ni un solo instru-
mento musical más! Yo ya no estoy para
más músicas...

Por eso me extrañó mucho cuando, ese
mismo año, mi madre pidió a los reyes ma-
gos una batería de cocina. Me pareció tan
buena idea la de mi madre, que yo pedí
otra para mí. Una «batería de dormitorio»,
escribí en la carta.

—¡La batería! —gritaba entusiasmada mamá, mientras abría paquetes el día de reyes.

—¡Qué batería tan horrible! —dije yo por lo bajines.

Pero mi madre parecía feliz con aquella batería tan rara: ollas, cazos, cacerolas... Como los reyes se olvidaron de traer la mía, no tuve más remedio que utilizar la suya. Tengo que reconocer que sonaba bastante bien. Las tapaderas, una contra otra, tenían una acústica fantástica. Y las ollas, boca abajo, sonaban de maravilla al golpearlas con dos cucharas de palo. Podía hacer con ellas un redoble perfecto. El único problema fue que solo la pude usar en una ocasión, y fue cuando mamá no estaba en casa. No pude entender qué pasó exactamente, pero se abolló toda la batería y mamá se enfadó un montón, claro.

Después de lo ocurrido con la batería, mi padre se olvidó de su promesa y dijo algo que yo no entendí muy bien entonces:

—Será mejor que canalicemos sus impulsos musicales antes de que nos destroce la casa o de que nos deje a todos más sordos que una tapia.

Así fue como, rondando ya los siete años, me apuntaron a clases de violín, que por aquel entonces estaba muy de moda. Pero a mí el violín no me gustaba. Además, mis padres me hacían tocar en todas las reuniones familiares.

A la que alguien traspasaba la puerta, ya me conocía el pareado:

—¡Pitufín, el violín!

Así que, un buen día, todavía me remuerde la conciencia por ello, el violín se perdió en el autobús del colegio. El pobre no supo volver a casa solito...

Mis padres me riñeron muchísimo:

—¿Te crees que vamos a comprar otro violín? ¡Ni pensarlo! Con lo caros que son...

Yo puse cara como de pena, pero en realidad estaba más feliz que unas castañuelas. Se acabó, por fin, el violín del Pitufín. Sugerí amablemente una guitarra, pero no me hicieron ni caso. Esperé unos meses y ataqué de nuevo, esta vez con un clarinete.

Nada. Más tarde, intenté con un violonchelo, pensando que como guardaba cierto parecido con el violín, me dirían que sí. ¿Que sí? ¡Que si quieres arroz, Catalina!

Durante los dos años siguientes, mi sentido rítmico y musical tuvo que esperar pacientemente. Y la espera valió la pena. En mis décimas navidades, mi flamante padrino se presentó en casa con un flamante piano...

Fíjate bien, hijo: ¡es ese piano viejito que ves ahí!

Todo esto que te he contado ocurrió cuando yo era pequeño.

Ya ves, querido hijo: me acabas de preguntar por qué los abuelos te regalan siempre instrumentos musicales. Yo creo que, en el fondo, es su pequeña venganza.

Ahora tengo que irme y debo dejarte. Ya sabes que tengo ensayo general con la orquesta y queda muy feo que un director de orquesta llegue tarde. Hasta luego.

¡Ah! Y ten cuidado con tu batería: el pedal del bombo está algo flojo. En cuanto llegue del ensayo, te lo arreglo.

¡Qué niño más raro!

José Luis Olaizola

—Este hijo nuestro es más raro que un perro azul —dijo el padre.

—Querrás decir que un perro verde —le rectificó la madre.

—¡Qué más da que sea azul o verde! Tan raro es uno como otro —insistió el padre.

Pedrito, que en ese momento entraba por la puerta de la calle, oyó el comentario y se disgustó. Pero hizo como que no lo había oído; no le traía cuenta ponerse a discutir con sus padres sobre sus rarezas. Ya sabía que sus padres preferían que fuera como los otros niños, pero le molestó que le compararan con un perro.

Y, sobre todo, le dolió la contrariedad que se notaba en las palabras del padre. Porque le adoraba y de mayor le gustaría ser como él, aunque comprendía que eso era casi imposible. Su padre era altísimo, y él llevaba camino de ser bajo. Su padre había jugado al fútbol en un equipo de Segunda División, y él en cambio no daba pie con bola. Y así con todo...

Y a su madre la adoraba aún más, porque era la mujer más atractiva del mundo. Todos lo decían.

O sea que decidió dejar de ser raro para que no siguieran disgustados.

Salió a la calle a ver lo que se le ocurría. Era un día de mucho frío, víspera de la Navidad, y parecía que iba a nevar. Se fue paseando hasta el parque, que estaba desierto, salvo una señora mayor, muy abrigada, sentada en un banco. Con un perro. ¡Con un perro azul! Pedro no podía dar crédito a lo que veía. Porque veía muy mal, y tenía que usar gafas de gruesos cristales, aunque el oculista le había asegurado que de mayor vería normal.

—Oiga, señora —le preguntó con educación—, ¿cómo es que tiene usted un perro azul?

La mujer se echó a reír y le explicó:

—¡No, hijo, es de color canela! Pero como hace tanto frío, lo he abrigado con esta mantita azul. Es una perra, ya muy vieja, y no le conviene el frío.

Pedro, de primeras, se quedó cortado. Pero la señora, en lugar de burlarse de él por su despiste, se puso a hablarle en plan simpático. Tan simpático que Pedro se sintió muy a gusto con ella, y acabó contándole su problema.

—¿Que tú eres raro? —se extrañó la mujer—. Pues a mí no me lo parece. ¿Por qué dicen que eres raro?

—Porque no tengo muchos amigos, ni me gusta salir de casa, ni me interesan los dibujos de la tele, ni tampoco soy de ningún equipo de fútbol... Me da lo mismo que gane el Madrid, o el Barcelona... —se explicó, compungido, Pedro.

—¿Y cuántos años tienes? —indagó la señora.

—Voy a cumplir ocho.

—Pero algo te gustará —le animó la dama.

—¡Psé! Pocas cosas. Bueno —acabó por admitir Pedro, casi avergonzado—, lo que sí me gusta es jugar al ajedrez. Pero es un tostón.

—¿Cómo? —se extrañó la señora—. ¿Te gusta y dices que es un tostón?

—No —le aclaró Pedro—; no lo digo yo. Lo dicen los otros chicos. A casi ninguno le gusta jugar. Y a mi padre tampoco. Y si a mi padre no le gusta, por algo será.

—¡A ver si el raro va a ser tu padre! —se atrevió a decirle la mujer.

Pedro casi se enfadó porque no le gustaba que se metieran con su padre. Pero pronto se le pasó porque aquella señora, que se llamaba Marta, no hacía más que decirle cosas agradables. Y se despidió diciéndole:

—Vuelve mañana por aquí, que a lo mejor tengo una sorpresa para ti.

El siguiente día, que era domingo, amaneció más templado y soleado, y cuando Pedro fue al parque se encontró a Marta con un señor más o menos de su edad. Pero mucho menos simpático; casi parecía enfadado. Medio enfurruñado, sacó de una cartera un tablero de ajedrez de tamaño reducido. Y le dijo de malos modos a Pedro:

—A ver si es verdad que sabes jugar al ajedrez a los ocho años, o son chifladuras de Marta.

Marta resultó que era una pintora bastante conocida, que tenía amigos de todas clases; entre ellos el señor Dubroski, un jugador de ajedrez ruso.

Empezaron a las once de la mañana, y a las dos de la tarde seguían delante del tablero. Al ruso se le había pasado el enfado, y estaba divertidísimo proponiéndole jugadas a Pedrito. Y cada vez que acertaba, el ruso decía:

—¡Condenado chaval!

Otras veces lo decía en ruso y se reía.

Y habrían seguido, si no llega a aparecer el padre, preocupado por la tardanza de su hijo. Al principio se enfadó con aquellos señores por haber retenido al niño. Y a este le riñó por hablar con desconocidos. Marta le pidió toda clase de disculpas, y por fin le dijo:

—Tenía usted razón. Su hijo es más raro que un perro azul, perdón, quería decir que un perro verde. A los ocho años juega ya al ajedrez como un campeón.

—¿De verdad? —dijo el padre con un punto de ilusión—. Eso no está mal, ¿no?

—¿Pero tú no preferías que fuera futbolista? —se extrañó Pedrito.

—Bueno, hijo, cada uno sirve para lo que sirve. ¡Venga, para casa!

—¿Entonces ya no hace falta que deje de ser raro? —insistió Pedrito.

Le contestaron con risas, y Pedrito no se quedó muy convencido; seguía sin hacerle ilusión que le compararan con un perro verde. O azul. Para el caso daba lo mismo.

El tesoro de Pintón

Enrique Páez

—¿Dónde estuviste, Pintón? Te eché mucho de menos.

—Lejos. Muy lejos, Renata. Estuve en una isla llamada Providencia, en el mar Caribe.

—¿Y qué hay en esa isla? —volvió a preguntar Renata.

El mago Pintón cerró los ojos antes de contestar, para recordar bien todo lo que había encontrado en la isla.

—Muchísimas cosas. Allí hay cangrejos negros, arrecifes de coral, gaviotas, cocoteros, tortugas gigantes, plantas submarinas, barcos hundidos, colibrís, y hasta la cueva del pirata Morgan.

—¿La cueva del pirata? ¿Cómo en *La Isla del Tesoro*?

—Bueno, sí. Hay muchos pescadores allí que aseguran que Providencia es la auténtica isla del tesoro.

—¿Y encontraste el tesoro? ¿Todavía está allí? ¿Lo trajiste contigo?

—Sí y no. A ver cómo te lo explico.

Renata se frotó las manos y se dispuso a escuchar atentamente. Su amigo, el mago Pintón, se ponía a veces un poco misterioso, pero ella sabía que tenía que esperar y entender lo que decía, como ocurrió con las dos cajas de acuarelas mágicas que le había regalado. «Sí y no», había dicho Pintón. Eso era casi imposible.

—¿Sí descubriste el tesoro pero no era un tesoro? ¿Sí lo trajiste pero se te perdió? —Renata empezaba a ponerse nerviosa, y tenía ganas de sacudir a Pintón para que hablara de una vez.

—Te equivocas. No descubrí el tesoro de Morgan, pero encontré uno mejor. Y sí lo traje conmigo, pero aún está escondido.

—No entiendo nada, Pintón. Me vas a volver loca, y conseguirás que me haga pis si no me dices de qué se trata.

—Tienes que descubrirlo tú misma, Renata. Los mejores tesoros están a la vista,
pero solo se ven si sabes mirarlos.

Renata se rascó la cabeza. Si no fuera
porque Pintón era su amigo, ya le habría
atizado con un paraguas en la cabeza. Pero
ella sabía que Pintón era así, como su tía,
la bruja Gertrudis. O sea: bueno, pero raro.
El sonido de una risa falsa a sus espaldas
le hizo darse la vuelta, y allí estaba Jacinto,
el antipático búho de Gertrudis, sacando la
lengua y agitando las alas para burlarse de
ella. Renata se agachó para coger una piedra, pero al levantarse Jacinto ya no estaba.
Arreglaría cuentas con él más tarde.

—Bueno, vale. Pero dame una pista. ¿Son
monedas de plata? ¿Diamantes? ¿Lingotes
de oro? —preguntó Renata.

—Frío-frío, Renata, todavía estás muy lejos. Eso son tesoros que se gastan. Los auténticos tesoros son inagotables, y aumen-
tan cuando los compartes.

—¿Entonces tú vas a compartirlo conmigo?

—Claro, boba, por eso lo traje. Y cuando

lo descubras tú querrás compartirlo con Toño, y con todos los que quieras —dijo Pintón—. Acuérdate de las acuarelas mágicas.

—¿No será un acertijo, verdad? —preguntó Renata.

—No te puedo decir nada más. O sí, solo una cosa más: tardarás un mes o dos en descubrirlo. Siempre es así. Hay personas que tardan un año, y eso no importa, pero hay quien no lo descubre nunca, y eso sí que es una pena. Hace falta saber buscar, mirar despacio y tener paciencia.

—Pues yo ya estoy impaciente por empezar. ¿Por dónde empiezo?

Pintón se quitó el sombrero negro de pico alto y de su interior sacó un cofre mediano, del tamaño de un taburete o de una caja de pescado. Era de madera oscura, y parecía imposible que ese pequeño baúl saliera del sombrero, pero viniendo de su amigo Pintón, a Renata ya no le extrañaba nada.

—Acuérdate, Renata. Hay que mirar mucho, muchas veces, y muy despacio para

descubrirlo. Si de verdad quieres un tesoro que no se gaste, y que se multiplique como los dibujos de las acuarelas mágicas, lo podrás encontrar dentro. Aquí está la llave. Tómate todo el tiempo que necesites. Hasta pronto.

Y Pintón se esfumó con un golpe de su varita mágica. Renata tuvo un estremecimiento, como siempre que Pintón desaparecía de golpe. Luego intentó levantar el cofre, pero era tan pesado que no pudo. Tuvo que llamar a su amigo Toño para poder arrastrarlo hasta su casa. Una vez allí, casi temblando de la emoción, metieron la llave en la cerradura y lo abrieron.

—Esto es una broma de Pintón —dijo Toño—. Aquí no hay ningún tesoro.

Renata también estaba decepcionada. El cofre estaba lleno, pero el tesoro no aparecía por ninguna parte.

—No lo creo —dijo Renata—. Pintón dijo que había que saber buscar, mirar despacio, y tener paciencia. Y que valía la pena aunque tardáramos un año entero en descubrirlo.

—Bueno, vale. Si tú lo dices...

Renata y Toño se sentaron junto al baúl abierto y empezaron a mirarlo todo muy despacio, siguiendo los consejos de Pintón.

El primer día no vieron nada. Ni el segundo. Ni el tercero. Después de una semana seguían sin ver el tesoro, pero ya empezaba a no importarles que pasara el tiempo. El cofre tenía un montón de misterios que estaban empezando a descubrir, y eso hacía que el tiempo pasara sin apenas darse cuenta. Lo miraron todo a fondo, bien despacio, como auténticos investigadores, seguros de que había un secreto que pronto descubrirían. A veces dudaban, y Renata le preguntaba a la bruja Gertrudis:

—Tía, ¿es verdad que aquí hay un tesoro?

Y Gertrudis sonreía, con la misma sonrisa extraña que había visto en la cara de Pintón, y respondía muy segura:

—Sí que lo hay. Seguid buscando y lo encontraréis.

Tardaron dos meses en revisar todo el contenido del cofre. Era increíble que en un baúl tan pequeño cupieran tantas cosas. Casi tantas como el sombrero de Pintón.

Nada más terminar, Renata y Toño se miraron fijamente a los ojos. Habían llegado al final, y el tesoro no aparecía por ningún sitio. ¿Habían mirado bien? Sí, Renata estaba segura de haberlo hecho bien. Volvió a mirar al cofre, luego a Toño, y después de nuevo al cofre. Cerró los ojos. Se quedó un rato recordando lo que había dentro del pequeño baúl de Pintón: todas las historias, aventuras, misterios, chistes y leyendas que habían descubierto en su interior. Y de pronto sonrió, soltó una gran carcajada y dio un brinco sobre el suelo.

—¡Lo tengo! —dijo Renata.

Su amigo Toño le leyó el pensamiento.

—¡Yo también!

Cerraron el cofre mágico y buscaron una cartulina pequeña. La pegaron a la tapa con chinchetas y escribieron en ella con letras grandes: «Tesoro azul: 100 libros de El Barco de Vapor».

El Duendecillo Azul

María Puncel

Hacía una hermosa mañana de otoño, tibia y soleada.

El Duendecillo Azul recogía moras en las zarzas que crecían al borde del camino que subía a la Colina del Arco Iris.

Las recogía para la tía Púrpura, que quería hacer unos tarros de mermelada.

Las moras eran negras, gordas, jugosas y perfumadas.

—Ten cuidado al agarrarlas —había advertido tía Púrpura—, no vayas a despachurrarlas.

Y Azulillo tenía cuidado al arrancarlas y al dejarlas caer en el cuenco de porcelana azul. Ya tenía bastantes; casi medio cuenco.

Y entonces, se distrajo porque vio subir por el camino al Duende Negro Arrugado.

Bueno, ya no era Arrugado, lo había sido y todavía tenía, a veces, gestos de mal humor y contestaciones de mal genio.

Por eso los duendecillos más jóvenes no se atrevían mucho a hablar con él, pero esta vez...

Duende Negro empujaba una carretilla cargada con un paquete enorme.

—¿Qué llevas ahí? —preguntó Azulillo; la curiosidad pudo más que su recelo.

—Y a ti, ¿qué te importa? —contestó, arisco, Negro.

—Porque me importa te lo pregunto —aclaró Azulillo.

—Y porque me da la gana no te contesto —respondió Negro. Y siguió empujando la carretilla hacia su casa.

Azulillo se quedó fastidiado y muerto de curiosidad. Recogió unas cuantas moras más, fue deprisa a casa de tía Púrpura y le entregó el cuenco azul.

—¿Solo estas pocas moras has recogido? —se quejó tía Púrpura decepcionada.

—Luego... o mañana... te traeré más —prometió Azulillo echando a correr.

Tía Púrpura lo vio desaparecer bastante asombrada.

Corriendo y sin aliento llegó Azulillo a la casa de Negro. Se agazapó junto a la valla y miró por una rendija entre dos maderos.

Negro había abierto el paquete en su jardín. De dentro estaba sacando muchas cajitas alargadas. De las cajitas fueron saliendo una locomotora, un ténder, varios vagones de pasajeros, tres plataformas de carga y muchos pedazos de vías. Unos pedazos eran rectos, otros hacían curva.

Negro trabajó un rato ensamblando las vías hasta formar un circuito ovalado. Luego enganchó todas las unidades y las colocó sobre las vías, dio cuerda a la locomotora y contempló extasiado cómo el tren recorría una y otra vez el circuito ovalado. Cuando el trenecito se paraba, Negro volvía a darle cuerda y todo el convoy, arrastrado por la locomotora, reiniciaba su carrera.

Al cabo de un largo rato, Negro se cansó del juego, se levantó del suelo y empezó a caminar hacia su casita.

Azulillo también se puso de pie y, por encima de la valla, pidió:

—¿Me dejas que ahora juegue yo un poco con tu tren?

—¡No!

—Anda, déjame si tú ya no vas a jugar más con él.

—¡No; es mío!

—Ya sé que es tuyo, jugaré con mucho cuidado, te lo prometo. ¡Déjame, anda, acuérdate de que tenemos que compartir!

—¡Bah...!

Negro se agachó, recogió todas las cajitas y los cordeles que había dejado desparramados por el suelo del jardín alrededor del circuito y se acercó a la valla.

—¡Toma, esto es lo que comparto contigo! ¡Te lo regalo! —dijo, y dejó caer todo el cargamento sobre la cabeza de Azulillo.

Y se reía y se reía viendo al pobre Azulillo enfurruñado bajo la lluvia de cajitas y cordeles.

Y entonces fue cuando llegó el Duende a Rayas.

—¡Duende Negro! ¿Es que no sabes que no se pueden tirar basuras al camino?

—¡No he tirado basuras al camino, se las he tirado a ese tonto de Azulillo! —respondió descarado Negro.

—Son las cajas de su tren de juguete —explicó el Duendecillo Azul—. Le he pedido que me deje jugar un poco con él, pero no ha querido. Es un tren precioso... —Azulillo tenía los ojos llenos de lágrimas.

—Venga, no te enfades. Ven y ayúdame —pidió Rayas—. Vamos a recoger todo esto que Negro te ha regalado; no podemos dejarlo aquí tirado en el camino.

Azulillo lo ayudó, de mala gana, pero lo ayudó. Se lo llevaron todo al otro lado del camino. Azulillo se sentó en el suelo todavía enfurruñado.

Rayas se puso a trabajar.

Una pequeña laja de piedra fina y dentada le sirvió como navajita para cortar el cordel en trozos pequeños. Y un palito afilado hizo las veces de punzón para perforar el cartoncillo de las cajas. En un momento las cajitas quedaron convertidas en vagones, una caja más larga fue la locomotora y las tapaderas sirvieron de plataformas de carga. ¡Qué tren magnífico con las unidades enganchadas unas a otras con pedacitos de cordel!

—Toma, Azulillo, este es tu tren. Y no tendrá que moverse siempre por un circuito pequeño. Podrá ir por donde tú quieras, por donde tú lo lleves detrás de ti. ¡Y podrás llevar pasajeros! Seguro que Rana, Escarabajo y Caracol querrán dar un paseo en tu tren, si tú los invitas, claro.

—¡Los invitaré! ¡Es un tren precioso, Rayas, muchas gracias!

—De nada. Me gusta trabajar con las manos y aprovechar cosas, ya lo sabes. Oye,

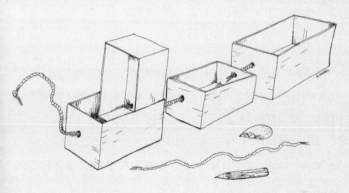

y en ese tren tuyo también podrás transportar mercancías...

—¡¡¡Moras!!! —recordó Azulillo—. ¡Puedo llevarle moras a tía Púrpura!

—Claro, pero antes tendrás que recogerlas.

Azulillo se puso en camino hacia las zarzamoras arrastrando su maravilloso tren.

Duende Negro se asomó por encima de la valla.

—Ese tren es mío. ¡Me lo tenéis que dar! Las cajas y los cordeles son de mi tren, ¡son míos!

—Eran tuyos, yo te he oído regalárselos a Azulillo. Se los has tirado a la cabeza, ¿te acuerdas? —dijo Rayas muy serio.

Dio media vuelta y siguió a Azulillo hacia las zarzamoras.

Negro salió de su jardín y los siguió. Al principio de lejos, luego se fue acercando más y más.

Llegaron a las zarzamoras y empezaron a llenar los vagones. Rayas vigilaba a Negro con el rabillo del ojo, porque uno nunca sabe qué es lo que Negro va a hacer.

Los vagones se iban llenando poco a poco de moras negras, gordas, jugosas y perfumadas.

Al cabo de un momento, Negro empezó a recoger moras también y cuando tuvo las manos llenas, preguntó bajito:

—¿Puedo ponerlas en tu tren, Azulillo?

El Duendecillo Azul le miró un poco sorprendido, luego miró a Rayas. Y Rayas le guiñó un ojo y dijo que sí con la cabeza.

—Sí, claro que puedes —dijo Azulillo a Negro.

Y como trabajaron los tres a la vez, enseguida estuvo el trenecito repleto a rebosar.

—Ahora, ¡a casa de tía Púrpura! —dijo Rayas.

Por el camino, Negro pidió:

—¿Me dejas que arrastre yo un ratito tu tren, Azulillo? Te prometo dejarte el mío para que juegues un rato, si quieres. Aunque a lo mejor ya no lo quieres, porque mi tren solo puede dar vueltas por sus vías...

—Sí, sí querré... Toma —y Azulillo le tendió el extremo del cordel que tiraba del tren de las moras.

Cuando tía Púrpura los vio llegar a los tres juntos se puso muy contenta. Todos se alegran cuando ven a Negro portándose amistosamente con los demás duendes. Y se puso más contenta todavía cuando vio la carga que traían en el trenecito.

—¡Qué bien, cuantísimas moras! ¡Y qué hermosas son!

—Te prometí que te traería más... —le recordó Azulillo. Y añadió—: Rayas y Negro me han ayudado a recogerlas y a traértelas.

—Y yo haré unos cuantos tarros de mermelada y os invitaré a merendar una tarde a los tres, ¿qué os parece?

¿Qué podía parecerles? ¡Pues una idea estupenda!

Y se fueron los tres en busca de Rana, Escarabajo y Caracol. Los iban a invitar a dar un paseo en el tren del Duendecillo Azul.

El cuento de Perico
Joel Franz Rosell

En la familia de Perico todos habían sido guardabosques, leñadores, carpinteros, ebanistas, talladores de muñequitos de corteza o comerciantes de palillos de dientes. Era una tradición centenaria que envolvía a la familia en un fuerte aroma de serrín y que hacía de su árbol genealógico uno de los mejor plantados del país Maschicodelmundo.

Todos habían vivido en el bosque o del bosque y estaban orgullosos de ello.

Todos, menos Perico.

Cuando Perico nació, ya se había perdido la *Histórica y Heroica Guerra de Extensión de la Patria Soberana* y en ella, el país, que entonces no era ni se llamaba Maschicodelmundo, se había quedado sin su único bosque.

Antes de morir de la herida que su orgullo sufriera en la guerra, el rey Cacho Tercero había concedido a los miembros de la familia de Perico el título hereditario de Jardineros Reales.

Pero en el país Maschicodelmundo solo había dos árboles y cuatro rosales, que estaban en la plaza pública; ocho tulipanes azules, que estaban en el jardín de la reina; dieciséis macetas de begonias, que estaban en los balcones, y treinta y dos plantas medicinales y hortalizas, que crecían en los patios.

Esta vegetación no bastaba para dar trabajo al abuelo de Perico, al padre de Perico, al tío de Perico y al desgraciado de Perico, quien desde recién nacido oyó a su madre suspirar:

—¡Ay, hijo mío, has nacido desempleado!

Y a su abuela:

—¡Ay, nietecito de mi alma, te tocará enterrar el honor de la familia!

Y a su tía:

—¡Ay, mi sobrino, qué desgracia que no puedas tocar madera!

Tal como iban las cosas, nuestro héroe corría el riesgo de que acabaran llamándole *Perico Ay-ay-ay*.

De que lo amenazaba un triste destino, Perico debió de darse cuenta siendo un bebito, porque es entonces cuando uno puede adquirir dotes extraordinarias como las que el chico demostraría pocos años más tarde: exactamente el día en que por primera vez tuvo a mano un trozo de lápiz y una esquina de papel.

Perico se puso, como cualquier crío de su edad, a hacer palotes. Pero no palotes comunes y corrientes, de esos que parecen un cero abollado o la nariz del vecino de enfrente. ¡No señor! Perico se puso a hacer palotes perfectísimos y dignos de su nombre; nada de monigotes, florecitas o casas con chimenea y una columna de humo en forma de tirabuzón.

El quinto palote que dibujó ya era tan real y al pie de la letra que salió del papel y cayó al suelo haciendo tanto ruido como un leño... pues otra cosa no era.

—¡Santo cedro! —se persignó la abuela.

—¡Viruta santísima! —se santiguó la madre.

—Esto es lo que se llama ver la paja en el ojo ajeno y no ver la viga en el propio —se admiró el padre.

—Desde los tiempos del castaño de María Castaña no se había visto nada igual —aseguró el abuelo.

—¿Hacemos leña del árbol caído? —preguntó el tío, mirando hacia el hacha que colgaba, como un olvidado trofeo, junto al retrato del tatarabuelo.

No tuvieron tiempo de responderle porque Perico acababa de dibujar un roble centenario y el suelo se abrió bajo el empuje de las raíces, las paredes se rajaron ante el vigor de las ramas y el techo de la casa salió por los aires convertido en ridícula boina del árbol gigantesco.

—¡Que alguien le pare la mano al crío! —gritaba el padre, colgando de una de las ramas más altas del roble.

A partir de ese día no faltó la madera en el país Maschicodelmundo. Cada vez que les hacía falta, sentaban a Perico en medio de la plaza y le decían: «Pinta, niño, pinta», aunque nunca le dejaban hacer árboles muy grandes.

Pese a las limitaciones impuestas a su libertad de creación, Perico pudo crecer sin miedo al desempleo y, sobre todo, sin temer que a nadie se le ocurriera ponerle el apodo de *Perico Ay-ay-ay*. Lo suyo eran los palotes: de eso ya no quedaba la menor duda.

Azul
Jordi Sierra i Fabra

A Pere Gras i Tomàs,
que sembró su vida de luces de colores.

CUANDO Luza se miraba en el espejo, se veía del revés y era Azul.

A Luza le gustaban los espejos, y las cosas del revés.

En el espejo, Luza, que era Azul, tenía la peca del otro lado, el derecho, y también en la parte opuesta de la frente, la izquierda, su mechón rebelde. En el espejo, Luza, que era Azul, jugaba a cambiar de cara y hacer muecas, y Azul, que era Luza, siempre respondía al instante. En el espejo, la mano derecha era la izquierda, y la izquierda, la derecha. Azul le devolvía la mirada y la sonrisa tan rápido como Luza miraba y sonreía.

Y al cantar, la voz rebotaba y el canto iba y venía igual que un rayo de luz.

Para Luza, el mundo del revés era hermoso. Eva, su madre, era en verdad un Ave hermosa y de gráciles movimientos, mientras que su padre, Sebas, era tan inteligente que ella siempre le preguntaba si sabía tal o cual cosa comenzando por su nombre del revés: ¿Sabes...? Su hermana Alba era Abla, sin hache, lo cual resultaba acertado ya que Alba no hablaba mucho y se olvidaba de las haches al escribir. Su hermano Noel no era menos acertado, pues se convertía en León, el rey de la selva, acorde con su abundante melena. Su amigo Omar era como el Ramo de flores que le vendía cada día a su madre en la esquina de su calle, y su vecino Sam pasaba a ser el generoso Más que siempre le regalaba muchas cosas. Su otro vecino, el gruñón del señor Adán, era Nada para ella. Solo Ana seguía siendo Ana en los dos lados. Como aún era tan pequeñita...

El espejo lo llevaba Luza en el alma, porque no era necesario que reflejara en todo momento las cosas en él.

Por ejemplo, la ciudad que más le gustaba era Roma, porque del revés significaba Amor, mientras que su lugar preferido y al que quería ir de mayor para conocerlo era Suez, porque del revés era Zeus, su dios mitológico favorito. El Ebro, el río que bañaba su pueblo, se convertía en el mismísimo Orbe, gigante y universal, y no le gustaban las Natas porque le recordaban a Satán, el pérfido diablo, de malas que le parecían.

Incluso lo que no tenía sentido la seducía igual, pues Luza amaba la fantasía y jugaba a inventar nombres y a imaginar formas leyéndolas del revés. Un Lobra era una figura galáctica, y una Rolf, una princesa de Euqsob, en el planeta Larutan. El mundo estaba lleno de maravillas.

¡Ah, Luza lo pasaba en grande dándole la vuelta a las cosas! ¡Y Azul vivía a través de ella!

Un día, jugando a ser Azul, Luza se apretó tanto contra el espejo que consiguió entrar en él, como *Alicia en el País de las Maravillas*. Y al entrar Luza dentro, la que salió afuera fue Azul.

Las dos se miraron con expectación.

—¿Puedo quedarme un rato aquí afuera? —le preguntó Azul a Luza.

—De acuerdo, pero no tardes —aceptó Luza.

Y Azul salió de allí para ver el mundo.

Se quedó fascinada.

Su padre era la persona más grande jamás imaginada, y su madre, la más hermosa. Alba y Noel eran los hermanos que cualquiera desearía, y Ana, el bebé más dulce, con su carita llena de babas que le caían dichosas con solo verla. Omar y Sam superaban con creces lo que de ellos pudo imaginar. E incluso el señor Adán parecía menos gruñón. Y cuando vio Roma y Suez en la televisión, y comprendió la magnitud del Orbe que al otro lado de la ventana era el Ebro...

El árbol, la flor, el bosque...

—Yo soy Azul, y soy Luza del revés —se dijo la niña salida del espejo—. Pero esto me encanta tal y como es.

Luza veía ahora el mundo a través de los ojos y el corazón de Azul.

Aquella noche cantó y bailó. Aquella noche se meció en brazos de su madre y jugó a saber con su padre. Aquella noche fue feliz con sus hermanos, y soñó que era Azul y solo Azul.

Aquella noche, Azul se olvidó de Luza.

Ni siquiera se miró en ningún espejo, pues sabía que al otro lado estaba Luza.

Durmió en la cama de plumas y soñó con ángeles y tartas de chocolate.

Por la mañana, al despertar, somnolienta, Azul entró en el baño y allí, en el espejo, se encontró a Luza.

—¡Eh, ya era hora! —protestó Luza—. Tú eres yo al revés, así que vuelve aquí para que yo pueda salir.

—Es que... esto me gusta mucho —dijo Azul—. ¿No podría quedarme un poco más?

—Te descubrirán. Tienes mi peca del otro lado. Y también mi mechón rebelde del revés. Me extraña que no se hayan dado cuenta. Vamos, cambiemos, he de ir a la escuela.

—Déjame ir a la escuela por ti. Lo sé todo, como tú.

Luza abrió unos ojos como platos.

—No sabía que yo estuviese tan loca —suspiró.

—¿Puedo? —le imploró Azul.

—De acuerdo —se resignó Luza—. ¡Pero solo por hoy!

Azul fue a la escuela, donde supo que todas las palabras que ella conocía de una forma allí eran de otra. Zorra era Arroz, Liga era Ágil, Sala era Alas, Rama era Amar, Rara era Arar, Aparta era Atrapa, Odio era Oído, Ocas era Saco, Orar era Raro, Ser era Res, Ranas era Sanar, Rata era Atar y Ratón era Notar. Pero nadie se dio cuenta de que ella no era Luza. Ni sus mejores amigas.

Aunque de hecho sí lo era, pero al revés.

Cuando regresó a casa fue a mirarse en el espejo.

—Me gusta ser tú del revés —le dijo a Luza.

—A mí también me gusta ser tú —reconoció ella—. Aunque esto es bastante aburrido cuando no estás.

—¿Podríamos cambiar de vez en cuando? —preguntó Azul esperanzada.

—¿Algo así como unas vacaciones?

—¡Sí!

—De acuerdo —aceptó Luza tras pensarlo un poco—. Seguro que será divertido, y puesto que tú eres yo...

—¡Bien! —cantó feliz Azul.

Entonces entró en el espejo y de él salió Luza de nuevo.

Volvieron a mirarse.

Felices.

—Gracias —dijo Azul.

Luza regresó a su mundo.

Desde entonces, de tanto en tanto, Azul salía del espejo y ella entraba para darle la oportunidad de vivir su propia realidad. De tanto en tanto, Azul era Luza para el mundo. Y solo una vez, su madre, le preguntó:

—Luza, tu peca... y tu mechón...

—Oh, me lo he cambiado de sitio —dijo Azul, jugando.

Cuando Azul se miraba en el espejo sabía que estaba del revés.

A Azul le gustaban los espejos y las cosas del revés.

Y Luza, que era Azul, y Azul, que era Luza, supieron siempre que los sueños y las fantasías son como gotas de lluvia que van de la tierra al cielo, o pasteles de chocolate con sabor a fresa, o incluso espejos en los que viven nuestras almas del revés.

Ha Long, Vietnam, 21-10-00.

Azul, Azulete y Azulón

Emili Teixidor

—¡Qué misterio es este! —exclamó Luis al ver dos cuadros en la sala, tapados por un par de sábanas blancas.

—A lo mejor no hay nada debajo —dijo Carla acércandose a ellos.

Carla y Luis visitaban como cada tarde de verano el estudio de su amigo el pintor Pedro Sen, que se había convertido en su profesor de dibujo y pintura.

—A lo mejor son cuadros fantasmas —se rió Carla—. Por eso llevan las sábanas encima.

—¿Dónde está Pedro? —se extrañó Luis.

Los dos amigos habían encontrado la puerta del estudio abierta, la estancia vacía y los dos cuadros ocultos en sus caballetes, en el fondo, junto a la ventana que daba al mar.

—Ayer no estaban aquí —dijo Luis—. A lo mejor Pedro los pintaba en secreto, cuando no estábamos, para darnos una sorpresa.

Se acercaron a los caballetes, y ya estaban a punto de levantar el velo que cubría el primer cuadro, cuando apareció Pedro en la puerta e impidió que destaparan el misterio con un grito:

—¡Alto! Esos cuadros no se pueden ver... todavía.

—¿Por qué los has traído entonces?

—Para hacer un juego. Quiero ver si tenéis madera de artistas.

—¿No están acabados? ¿Qué es lo que les falta? —insistieron.

—Digamos que les falta luz —dijo Pedro—. No luz de fuera, sino luz que salga del cuadro mismo.

Y añadió como si hablara consigo mismo:

—La luz es un misterio. Por ejemplo, ¿dónde se va la luz cuando viene la oscuridad?

Carla y Luis se quedaron boquiabiertos. Pensaron un poco y Carla dijo:

—Pues al mismo sitio donde se esconde la oscuridad cuando viene la luz.

—Muy bien —se rió Pedro—. ¿Habéis observado de qué color es la luz?

Carla y Luis pensaron un poco más y Luis dijo:

—Depende de si es la luz de una vela, o la del sol...

—O si es la luz de la luna —añadió Carla—, la de un espejo, la de los ojos o la del agua de un río, un lago o un mar...

—O sea que según vosotros hay varias clases de luz...

—¡Claro! ¡Y varias clases de oscuridad! Hay la negra noche sin luna y el negro transparente de la noche con luna, el gris del atardecer, la oscuridad azulosa de la penumbra, el negro de los sueños oscuros que ves cuando cierras los ojos... —recitó Carla.

—Muy bien —aplaudió Pedro—. Veo que estáis preparados para adivinar qué hay en esos cuadros.

—¿El juego consiste en adivinar qué hay en ellos? —preguntaron los dos a una.

—Exacto.

—Eso es imposible. A no ser que nos des alguna pista.

—Solo tenéis que salir por los alrededores y buscar bien qué color y qué forma faltan fuera, en el paisaje, en todo lo que alcancen a ver vuestros ojos. Lo que falta fuera es lo que yo he metido en el cuadro.

El juego les pareció interesante, y Carla y Luis dedicaron todo el fin de semana a observar en sus paseos qué colores y qué cosas habían desaparecido para descubrir qué se había llevado Pedro para meter en sus cuadros.

—No puede ser un objeto —dijo Luis—, porque en los cuadros no están las cosas, sino la imagen de las cosas. Además, no ha tenido mucho tiempo para pintarlos.

—Tiene que ser algo... ¿cómo se llaman las cosas que no son una cosa que se puede tocar? Por ejemplo los colores, las formas...

—Algo como la alegría o la simpatía... Creo que se llaman cualidades.

Así que dejaron de fijarse en las cosas y se fijaron en las cualidades: la altura de un árbol, la gordura de un animal, la rapidez de un coche..., pero si el árbol era alto, el animal gordo y el coche rápido es porque eran así y en un momento no podían saber si antes habían sido de otro modo.

Hasta que una tarde, Luis observó un detalle al pasar por delante de unas casas encaladas:

—Mira —dijo—. El sol se come el azulete de las paredes. La faja de azulete pintada alrededor de puertas y ventanas, casi no se ve.

Y apuntaron en un papel que el azulete de las paredes desaparecía.

Al atardecer, Carla dijo a su amigo observando la puesta de sol:

—Mira cómo desaparece el azul del cielo y se convierte en rosado, amarillo y violeta. ¡Ya sé qué se ha llevado Pedro para sus cuadros!

—¿El azul del cielo? El cielo entero desaparece todas las noches junto al azul, cuando el negro toma su lugar.

—Por eso mismo. El azul del cielo y el azul del mar, puestos en un cuadro, no se convierten nunca en negro ni en otro color. Son siempre azules. Para eso deben de ser los cuadros, para que los colores y los atardeceres no desaparezcan nunca como pasa en el mundo.

Aunque Luis no estaba muy convencido, decidieron apuntar el azul celeste y el azul marino junto al azulete entre las desapariciones observadas.

Los dos amigos se acostaron con el azul y el azulete metidos en la cabeza. Y con la preocupación por si habían acertado o no en aquel juego de observación que les había propuesto Pedro y que finalizaba el día siguiente.

Aquella noche Carla soñó con el azulón. Soñó con su tío Blas, que era un gran cazador y se acordó de cuando decía:

—Yo cazo perdices en octubre y azulones en febrero.

—¿Qué es un azulón? —le había preguntado una vez Carla a su tío.

—Un pato muy grande que vive en lagos y albuferas.

Carla no se atrevió a preguntar si le llamaban azulón porque era un pato de color azul. Ella no había visto nunca patos de ese color. Y ahora soñaba con un pato enorme, casi como un águila, de color azul metálico, brillante, un azul tan intenso que destacaba como si fuera una mancha oscura en el azul del cielo. El azulón soñado volaba como si fuera el rey del espacio y a medida que extendía sus alas proyectaba una sombra azul sobre el suelo y el bosque se teñía con todos los tonos del azul, el agua del lago se ensombrecía y se volvía verde, los campos de trigo amarillo cubiertos por la sombra azul se volvían de un rojo de sangre... El azulón maravilloso seguía su viaje inundando de colores bellísimos la tierra. Fue un sueño muy bonito.

A la mañana siguiente, presentaron sus hallazgos a Pedro:

—Cada noche el azul del cielo y el azul del mar desaparecen para refugiarse en los cuadros. Y también el azulete de las paredes, comido por el sol.

Entonces Pedro levantó el velo de una de las pinturas y apareció un paisaje de casitas blancas con una cenefa azul pálido frente a un mar verde azulado y un cielo blanquiazul.

—Es verdad. Los colores se refugian en los cuadros de los artistas. Para que no se pierdan en los cambios del tiempo.

—¿Y el otro cuadro?

—¿Habéis descubierto algo más?

—Yo he soñado con un pato muy grande del que solo conocía el nombre: se llama azulón. Lo he soñado de un azul fuerte, maravilloso, nunca visto. Y de una forma extraña: un pato grandioso con cuello de cigüeña y alas de águila.

Pedro levantó el velo del segundo cuadro y apareció la tela en blanco.

—Pues aquí tienes el cuadro para que pintes en él esa forma azul que has imaginado. Un azul que vuele en las alas de ese pato que no has visto nunca.

Y así empezaron a pintar Carla y Luis, por un lado lo nunca visto y por otro lo mejor observado. Para protegerlo del tiempo y del olvido. Para ofrecer al mundo nuevos colores y nuevas formas, vivos en la imaginación.

Y los cuadros se titularon Azul, Azulete y Azulón, naturalmente.

Mágico y azul

Carmen Vázquez-Vigo

Me llamo Pepe y tengo tres amigos: Curro, Quique y el Chino. También tengo un perro, Dragón. Gracias a él he podido comprobar que nada es imposible. Bueno, gracias a él y a la caja de magia que me trajeron los Reyes.

Tiene de todo: una capa roja por un lado y negra por otro; una bola de cristal para adivinar el futuro; una bolsa de donde puede salir lo menos pensado; aros que se enganchan y se separan en un periquete y muchas cosas más. Hasta una paloma disecada para hacerla aparecer en el momento oportuno solo con usar la varita que, naturalmente, es mágica.

Mis amigos vinieron con los regalos que los Reyes les dejaron. Al Chino, como le chifla el fútbol, un balón de reglamento. A Curro, que piensa ser médico, un esqueleto igualito a los de persona. A Quique, un vale para comer hamburguesas gratis durante un mes. Le dijimos que a ver si nos invitaba algún día y le dio la tos. Además de tragón, es tacaño.

Jugamos un rato a la pelota en el patio; con el esqueleto no, porque aunque sea de mentira da un poco de grima. Luego me puse la capa, tomé la varita y empecé la función de magia. Ya lo tenía todo preparado en una mesa cubierta con el mantel que mi madre guarda para cumpleaños y otras fiestas importantes. En el centro, la sopera de la vajilla buena con la paloma dentro.

Aunque no había estudiado muy bien las instrucciones, el número de la cuerda que se corta y enseguida aparece de nuevo entera me salió muy bien. El de los aros, regular, porque se engancharon pero luego no hubo modo de desengancharlos. Y eso que tiramos los cuatro. El de la bolsa, fantástico. La enseñé por el derecho, nada por aquí, y por el revés, nada por allá. Metí un ramo de flores blancas y se convirtieron en rojas. Volví a meter las rojas y salieron amarillas. Mis amigos alucinaron. A la paloma no la hice aparecer porque no recordaba cuántos golpes de varita había que dar en la sopera. El más empeñado en encontrarla era el perro. Se metía por todas partes atraído por su olor que, con lo reseca que estaba, era bastante apestoso.

Luego, mientras comíamos churros con chocolate, oímos un ladrido debilucho. Dragón no podía ser. Él ladra con mucho más brío. Levantamos una punta del bonito mantel, que ahora tenía algún que otro churrete de chocolate, y vimos un perro que salía arrastrándose, como si le diera vergüenza mostrarse. Era azul. Azul, de la punta del morro a la punta del rabo. Hasta los ojos y los dientes los tenía azules. Y era Dragón. El collar que llevaba al cuello con su nombre no dejaba lugar a dudas.

Curro, muy puesto en médico importante, se chupó un dedo y se lo pasó por el lomo.

—No destiñe —dijo. Luego le palpó la tripa y le tomó el pulso—. Tampoco está enfermo. Para mí que se ha metido en esa bolsa que cambia las cosas de color.

—Entonces, ¡es un perro mágico! —exclamé encantado— ¿Os dais cuenta? Un perro diferente, único. ¡Un perro azul! ¡Mágico y azul! ¡Todo el mundo hablará de él! Y nosotros nos haremos famosos y nos darán montones de dinero por salir en la tele. ¡Qué suerte!

Nos abrazamos riendo y dando saltos. Al vernos tan contentos, Dragón se animó y pilló al aire un trozo de churro que se le acababa de caer a Quique.

Salimos a la calle y, como era de suponer, nos hicieron corro.

—¿Qué es eso? —preguntó Felipe, el del quiosco.

—Un perro.

—Hay que ver las cosas que inventan. Si no fuera por el color, parecería de verdad.

—Es de verdad —protestó Curro—. Solo que ha sufrido una metamorfosis.

Todos lo miramos con admiración. No cualquiera dice de corrido una palabra así.

—Ya sabéis... —explicó—. Eso de la oruga y la mariposa.

Un señor que llevaba un maletín negro dijo, muy seguro:

—No existen perros azules.

—¿No lo está viendo? —protesté yo.

—Hay peces, pájaros, mariposas, palomas y cangrejos azules...

—Y quesos —interrumpió Quique, que de cosas de comer sabe más que nadie.

—Pero perros —continuó el señor del maletín—, no.

—Yo nunca los he visto —dijo doña Clara, una vecina— y eso que he viajado mucho. Ni siquiera en Andorra, que es un país exótico, hay perros de ese color.

—Pues si no es un perro, ¿qué es? —volvió a preguntar Felipe.

—Claro que es un perro —insistí—. Pero diferente.

—Deberíamos tener cuidado —intervino don Joaquín, el pollero—. Precisamente porque no es como los demás, no hay que fiarse de él.

—No sabemos qué costumbres tiene, si puede transmitir horribles enfermedades o atacar a cualquiera. Lo mejor será llamar a la policía —dijo el señor del maletín.

Como si Dragón hubiera entendido sus palabras, empezó a ladrar con más fuerza que nunca. Y los ladridos se convirtieron en aullidos, acompañados por saltos frenéticos, cuando el Chino, sin darse cuenta, le pisó el rabo.

Doña Clara, convencida del salvajismo del extraño animal, se llevó las manos a la cabeza y se desmayó. Todos acudieron a darle aire, lo que nosotros aprovechamos para escapar lo más deprisa posible.

En casa estudiamos la situación. Nuestros sueños de fama y riqueza se habían evaporado y casi vamos a parar a la cárcel.

—Ser diferente es un mal asunto —reflexionó Quique rascándose la cabeza.

—Sí —dijo el Chino—. Mientras Dragón siga siendo azul está en peligro.

—Y eso que este color es más bonito que

el revuelto de marrones que tenía antes —opinó Curro con toda la razón.

—Tendrás que leer mejor las instrucciones, Pepe, a ver si lo cambias —dijo Quique.

Se me estaba ocurriendo otra cosa.

—¿Y si lo dejamos como está?

—¿Azul?

—Sí. Cuando la gente lo conozca, sabrá que no hace daño a nadie y acabará por encontrarlo hasta guapo.

—¿Hasta el señor del maletín? —preguntó el Chino, desconfiado.

—Ese es el más hueso, pero con el tiempo también se acostumbrará —contesté cruzando los dedos para que el deseo se cumpla.

Y para darle una alegría a Dragón, que estaba más bien mustio, destapé la sopera y le eché la paloma. No debía de estar tan mala porque, poco después, solo revoloteaban por ahí unas cuantas plumas apolilladas.

Índice

173

EL BARCO DE VAPOR

SERIE AZUL (a partir de 7 años)